POUVOIRS SECRETS

DANS LA MÊME SÉRIE

1. La révélation
2. L'intrus
3. Pouvoirs secrets
4. La protectrice (octobre 2001)

ROSWELL

MELINDA METZ

POUVOIRS SECRETS

FLEUVE NOIR

Titre original :
The Seeker

Traduit de l'américain par
Anne-Virginie Tarall

ISBN : 2-265-07054-8

CHAPITRE PREMIER

— Hum… Je pourrais mettre ça avec ma paire de bas de laine que je ne mets jamais, murmura Maria DeLuca, parlant toute seule.

Elle tenait devant elle une robe courte vert citron et étudiait son reflet dans le miroir de sa chambre.

N'avait-elle pas arrêté de les porter parce que ce n'était plus à la mode ? Elle essaya de se rappeler si elle avait récemment vu une fille avec ce genre de trucs.

Non, il faut que je trouve autre chose…

Maria rangea la robe et jeta un coup d'œil sur son réveil.

— Oh, non ! Je suis en retard !

Elle était censée retrouver dans quelques minutes ses cinq meilleurs amis au *Flying Pepperoni*. Si elle ne se dépêchait pas, elle n'y serait jamais à l'heure !

— Je devrais peut-être choisir quelque chose de bleu, murmura-t-elle.

Cette couleur mettait en valeur celle de ses yeux. Mais d'après son meilleur ami, Alex Manes, les garçons mentaient quand ils prétendaient s'intéresser aux yeux des filles…

Si j'écoutais Alex, je sortirais vêtue d'une nuisette et de talons hauts !

Ce n'était pas forcément une mauvaise idée. Il faudrait peut-être en arriver là pour attirer l'attention de Michael Guerin…

Ah ! Enfin tu l'admets ! Tout ça, c'est pour Michael…

Tu veux qu'il te remarque, alors tu passes la matinée devant ton miroir, à te demander quels vêtements sélectionner pour un rendez-vous entre amis…

Sassafras, le chat de Maria, poussa du museau la porte de la chambre et sauta sur le lit.

— Je suis sûre que tu sais comment je dois m'y prendre pour que Michael s'aperçoive que je suis une f-i-l-l-e, pas vrai, Sassy ? Les chats savent tout… Hélas, ils ne partagent leurs secrets avec personne.

La jeune fille prit une chaîne en or. La veille, elle y avait passé la bague qu'elle avait trouvée au centre commercial. Elle la fit osciller, tel un pendule, devant le nez épaté de son chat persan.

La chatte feignit le dédain, puis tendit une patte…

— Mais tu saignes ! s'écria sa maîtresse en apercevant une traînée rouge sur ses coussinets.

Sassafras avait encore dû rester à l'affût sous le massif de rosiers ! Elle guettait les oiseaux… et revenait couverte d'égratignures.

Maria passa la chaîne en or autour de son cou et arracha une feuille au plant d'aloe vera qu'elle cultivait sur le rebord de sa fenêtre. Elle la pressa pour en extraire la sève puis souleva délicatement la patte blessée de la chatte.

— Ne t'inquiète pas. Ça t'aidera à cicatriser plus vite.

A l'instant où la jeune fille entra en contact physique avec Sassafras, l'image d'un rouge-gorge lui traversa l'esprit, accompagnée du besoin impérieux de l'attraper. Puis, un délicieux goût de lait lui chatouilla les papilles. Enfin, elle sentit la caresse du soleil sur son dos… et celle d'une main sur son menton.

Maria sursauta et lâcha la patte de sa chatte.

Sassafras sauta sur le rebord de la fenêtre et s'y assit, remuant la queue d'une façon éloquente. « Fiche-moi la paix. »

Une seconde, j'ai cru être *Sassafras… Comme si nous avions un lien télépathique…*

Tremblante, la jeune fille se laissa glisser sur le sol.

Les sensations qui l'avaient assaillie au contact de la chatte lui étaient familières. Et pour cause…

Elle avait déjà vécu ça quand Max avait établi un lien entre eux. Mais seuls les extraterrestres – Max, Michael et Isabel – réussissaient ce genre de choses.

Un soir, après qu'elle eut découvert la vérité sur eux, Max avait réuni Isabel, Michael et les trois humains, Maria, Alex et Liz Ortecho. Ils s'étaient rassemblés dans la grotte où sa sœur, son meilleur ami et lui étaient « nés ». Le jeune homme les avait connectés. C'était le seul moyen de leur prouver qu'ils pouvaient se faire confiance mutuellement.

Cette connexion ne leur avait pas permis de lire leurs pensées, mais de connaître l'essence de chacun.

Ce soir-là, un lien s'est formé entre nos esprits, réalisa-t-elle.

C'était exactement ce qui venait de se produire entre Sassafras et elle. Dans l'esprit du petit félin, des sensations telles que le goût du lait ou la caresse du soleil sur son dos étaient essentielles.

Liz rirait aux éclats si elle essayait de la convaincre qu'il y avait eu une connexion entre Sassy et elle.

Comme quand Maria s'était persuadée d'avoir amélioré son QI en prenant de l'extrait de ginkgo... Son amie avait dessiné un graphique afin de lui prouver scientifiquement qu'il n'y avait aucun lien entre la quantité du ginkgo absorbée et les résultats aux tests.

Cela avait suffi à prouver à Maria qu'elle s'était emballée un peu vite.

Ce serait vraiment cool, si je pouvais me connecter à Sassafras. Mais Liz pense que j'ai une imagination débordante... Et elle doit avoir raison.

— Et si nous réessayions, chaton ?

La feuille d'aloe vera à la main, Maria approcha de Sassafras.

— Il suffira de quelques gouttes pour que tu ailles mieux.

Elle saisit la patte égratignée et le retourna doucement.

Attends...

S'était-elle trompée de patte ? Il n'y avait pas de plaie sur ces coussinets-là.

Maria vérifia l'autre. Pas la plus petite goutte de sang. Elle examina de nouveau les deux pattes.

Aucune blessure...

J'ai vu du sang ! Ça n'était pas un tour de mon imagination... On dirait bien que je l'ai guérie !

L'idée explosa en elle comme un feu d'artifice.

Ce serait hyper cool !

Maria était fascinée par les techniques des guérisseurs. Ses amis avaient du mal à prendre au sérieux son aromathérapie et ses gélules de vitamines, mais elle était convaincue que ses traitements étaient efficaces.

Michael, Isabel et Max avaient le pouvoir de guérir. Elle avait vu Max sauver Liz, blessée par balle, et il avait commencé par une connexion...

Maria en avait peut-être établi une avec Sassy...

Sauf que tu n'es pas une extraterrestre, se rappela-t-elle.

Il fallait qu'elle se calme et qu'elle pense comme Liz-la-logique. Il était possible que Sassafras n'ait jamais eu d'égratignure. La marque rouge qu'elle avait prise pour du sang était probablement maintenant sur son couvre-lit ou sur le rebord de la fenêtre...

Quand elle le voulait, elle pouvait être parfaitement rationnelle.

Maria s'appuya à sa commode.

— Te voilà revenue de la quatrième dimension, dit-elle à son reflet.

Au moins, elle n'avait pas l'air de s'être évadée d'un asile d'aliénés... Elle paraissait normale.

Excepté que...

Quelque chose brillait à travers son caraco, juste au-dessus de son cœur. Les doigts tremblants, Maria écarta le vêtement.

La bague !

La pierre enchâssée au centre de l'anneau émettait une lumière verte puis violette. Elle clignota encore, puis s'éteignit.

Les jambes en coton, Maria se laissa retomber sur le sol.

Elle étudia la pierre. Avec ses chatoiements verts et violets, elle faisait penser à une opale.

L'avait-elle vraiment vue briller ? Un jeu de lumière dans le miroir, sans doute. Ou un tour de son imagination.

Mais c'était la troisième chose étrange en quelques minutes... D'abord, la connexion avec le chat, puis la disparition du sang et enfin, cette lumière...

Ça commence à faire beaucoup. Même moi, je ne peux pas inventer autant de trucs bizarres à la chaîne !

Liz trouverait sans doute des arguments pour lui démontrer le contraire. Elle aurait une explication scientifique pour tous ces phénomènes.

J'ai peut-être fait une montée d'œstrogènes à l'idée de voir Michael..., pensa Maria. *Il faudra que je demande à Liz si une personne peut avoir des hallucinations quand ses hormones s'affolent.*

Car c'était bien une hallucination.

— Crois-tu que Ray Iburg puisse être mon père ? demanda Michael Guerin en s'installant dans la Jeep de Max Evans.

Sais-tu ce que signifie le mot « ridicule » ? Surtout, ne te donne pas la peine de commencer par dire bonjour. Et ne demande pas non plus des nouvelles d'Isabel…

Ne te gêne pas ! Commence par dire à quel point tu es excité parce qu'hier soir, tu as compris que tu avais peut-être un papa.

Au moins, Max ne se moquerait pas de lui. Le jeune homme pourrait trouver que Michael était ridicule, mais il n'en laisserait rien paraître. D'ailleurs, cette idée ne lui effleurerait pas l'esprit. Max était un type trop bien pour ce genre de mesquinerie… Voilà pourquoi il était son meilleur ami depuis toujours.

Quand on était un des trois représentants d'une espèce unique sur Terre – ou du moins quand on le croyait depuis son enfance – mieux valait se lier d'amitié avec les deux autres. En l'occurrence, Max et Isabel.

Max retira ses lunettes de soleil. Ses yeux noisette brillaient d'une lueur fiévreuse.

— Je me suis posé la même question, avoua-t-il. Je suppose que c'est normal… Ray est le premier adulte de notre espèce que nous rencontrons. Mais ça me fait drôle de penser à quelqu'un comme à mon père… Enfin, excepté celui que j'appelle « papa » depuis des années…

Il n'était pas venu à l'esprit de Michael que Ray puisse être le père de Max et d'Isabel. Ce serait tellement injuste ! Ils avaient déjà de merveilleux parents adoptifs.

Alors que Michael…

Sorti de sa capsule d'incubation, il avait erré seul dans le désert jusqu'à ce qu'un fermier le trouve. L'homme l'avait conduit en ville et déposé à l'orphelinat. Depuis, il jouait à la perfection le rôle d'une boule de flipper, rebondissant d'un foyer d'accueil à l'autre.

Laisse tomber, tu veux ? s'ordonna-t-il. *Tu es de plus en plus ridicule.*

— Tu sais, aucune loi n'interdit de conduire et de parler en même temps, dit-il tout haut.

— Quoi ? Oh…

Max fit marche arrière pour sortir de l'allée et prit la direction du centre-ville.

— Je crois que nous allons un peu vite en besogne, Michael. Nous ignorons si Ray est de la même espèce que nous. Tout ce qu'il a dit, la nuit dernière, c'est qu'il est aussi un extraterrestre. Il pourrait venir d'une autre galaxie que la nôtre…

Cette possibilité non plus n'avait pas effleuré l'esprit de Michael.

Je perds la tête…

— Tu as raison, répondit-il. Tu te souviens de la boule de feu qu'a utilisée Ray pour paralyser Valenti devant le centre commercial ? Je ne crois pas que nous ayons ce pouvoir…

Max – alias M. Responsabilité – vit le feu passer à l'orange et ralentit.

Michael, lui, aurait accéléré.

— A moins que nous ayons des pouvoirs dont nous n'avons jamais soupçonné l'existence, lâcha Max. Isabel a dit que… Nikolas pouvait faire des trucs que nous n'aurions jamais cru possibles.

L'hésitation de son ami, à l'évocation du nom de Nikolas, n'échappa pas à Michael. Il comprenait parfaitement ce qu'il ressentait. Penser à leur congénère le fichait hors de lui…

— Au lieu de souhaiter que Ray soit un extraterrestre de la même espèce que nous, nous devrions peut-être espérer qu'il ne l'est pas, marmonna-t-il. Nikolas était des nôtres et il a failli nous faire tuer ! Nous n'aurions jamais dû laisser Isabel l'approcher. Elle risquait d'être blessée…

— Tu sais bien qu'Isabel n'aurait pas obéi, répondit Max.

Il s'arrêta dix bonnes secondes au stop sur Smith Road – visiblement, il faisait très attention aux recommandations de leur moniteur, M. Brown, de ne *jamais* griller un stop – puis il continua.

— Et d'ailleurs, nous avons essayé, ajouta-t-il.

— Si Nikolas n'était pas déjà mort, j'aimerais le tuer de mes propres mains ! cria Michael, s'échauffant à chaque mot. Nous l'avions prévenu de rester à l'écart du shérif.

— Mais nous ne pouvions pas savoir que Valenti l'assassinerait, souffla Max.

Michael ne répondit pas. Oui, ils ignoraient que le shérif irait aussi loin… A l'avenir, Max, Isabel et lui devraient redoubler de prudence.

— Estimons-nous heureux d'avoir sorti Izzy de là avant que Valenti ne découvre la vérité, dit Max.

Michael était trop furieux pour articuler un son. Dès qu'il l'avait vu, il avait su que Nikolas était un beau salaud. Isabel méritait quelqu'un d'infiniment mieux, un type qui l'aimerait autant qu'elle était en droit de l'attendre. Il aurait dû la tenir éloignée de ce garçon !

Max engagea sa Jeep sur le parking du Musée de l'OVNI.

— Ray a un appartement au dernier étage.

— Je n'arrive pas à croire que tu aies travaillé pour lui sans te douter de ce qu'il était, dit Michael alors qu'ils faisaient le tour du bâtiment.

Il avait rencontré Ray la veille. Aujourd'hui, sentirait-il quelque chose naître entre cet homme et lui ? Un lien, peut-être...

Parce qu'il est possible qu'il soit mon père.

Quand ils descendirent de la Jeep, il s'arrangea pour rester un peu en retrait, s'essuya les mains sur son jean. Il aurait aimé faire disparaître aussi les auréoles humides, sous ses aisselles...

— L'aura d'un extraterrestre n'est pas différente de celle d'un humain, répondit Max, en s'engageant dans l'escalier, Michael sur les talons. Comment aurais-je pu le deviner ?

Il sonna. Ray ouvrit aussitôt la porte.

— Je savais que vous viendriez tôt. Où sont les autres ?

— Isabel est encore trop secouée, répondit Max. Elle n'a pas voulu venir.

Michael se réjouit que son ami prenne les choses en main et parle pour eux deux. Il avait la gorge sèche... et transpirait abondamment.

Ray les invita à entrer dans son salon meublé de sièges en sacco.

Et rien de plus.

— Et les trois autres ? demanda Ray.

Michael étudia leur interlocuteur. Max avait raison : l'aura de Ray ne trahissait pas son origine extraterrestre. Elle était simplement blanche et brillante, avec les volutes vertes et bleues qui signalaient la paix de l'esprit… L'aura d'un type décontracté qui n'avait rien à cacher.

— Euh, je ne savais pas si je pouvais les amener, répondit Max. Vous savez qu'ils sont humains, n'est-ce pas ?

Michael attendait avec impatience la réponse de Ray. Avait-il la même opinion sur les humains que Nikolas ?

Il les détestait, une preuve de plus que quelque chose ne tournait pas rond chez lui. Il avait traité Maria, Liz et Alex comme de vulgaires insectes !

Ray sourit. Quelques taches vertes apparurent dans son aura.

— Personnellement, j'aime beaucoup les humains.

— Qui êtes-vous ? demanda Michael. (Sa voix lui semblait rauque et mal assurée.) D'où venez-vous ?

Il n'avait pas prévu de poser cette question. Pas encore, du moins.

Au moins je ne l'ai pas appelé papa…

Ray montra du doigt l'inscription de son T-shirt : « *J'ai survécu au crash de Roswell.* »

— Une seconde ! s'exclama Max. Voulez-vous dire que vous étiez à bord du vaisseau qui s'est écrasé ici dans les années 40 ? Nous avons toujours cru que nos capsules d'incubation venaient de cet engin.

— Et c'est la vérité. Un soda ? J'en ai dans la cuisine.

Michael en eut le vertige.

Ray était à bord du vaisseau avec leurs capsules

d'incubation… Donc, il venait de la même planète qu'eux ! Les chances qu'il soit son père avaient considérablement augmenté…

Ray se dirigea vers la cuisine, mais Michael s'interposa.

— Attendez ! Revenons à ce que vous venez de dire. Vous saviez qu'il existait des capsules d'incubation, c'est bien ça ? Alors pourquoi n'êtes-vous jamais venu nous chercher ? Où étiez-vous quand nous en sommes sortis ?

— Du calme, Michael, murmura Max. Ray nous a sauvé la vie, hier soir, tu te souviens ?

— Ne me dis pas de me calmer ! Ce type nous a laissés seuls pendant des années, sans que nous sachions qui nous étions, d'où nous venions ou pourquoi nous avions des pouvoirs ! Nous avons dû nous débrouiller, tâtonner, rassembler les pièces du puzzle une à une. Il ne s'est même pas donné la peine de découvrir si nous étions toujours en vie !

— Je n'ai pas eu besoin de vous chercher parce que je savais où vous étiez, dit Ray. C'est moi qui ai mis vos capsules d'incubation dans la grotte. Ensuite, je vous ai laissés seuls…

» C'était mieux ainsi, pour que vous ayez une chance de vivre. Comment être certain que le gouvernement ne connaissait pas ou ne soupçonnait pas la vérité sur moi ? Il fallait que rien ne vous lie à moi.

Michael sentit les muscles de sa nuque et de ses épaules se détendre un peu.

— Etes-vous… ? (Il s'éclaircit la gorge.) L'un de

nous a-t-il un lien de parenté avec vous ? Etes-vous mon père… ou celui de Max et d'Isabel ?

Retenant son souffle, Michael dévisagea Ray, qui fit non de la tête.

Dommage. Ce n'est pas encore aujourd'hui que le petit Mickey aura un papa.

Mais il s'en fichait après tout. Enfin, pas tant que ça…

— Tous les quatre… vous deux, Isabel et le garçon que le shérif Valenti a tué hier soir…, commença Ray.

— Nikolas, dit Max.

— Vous êtes les enfants des membres de mon équipe. Des scientifiques en mission de reconnaissance et d'évaluation. Nous devions déterminer si la Terre était colonisable. Dans ce cas, nous aurions formé le premier avant-poste. Mais nous avons très vite découvert que les humains n'étaient pas prêts à partager leur planète avec une race extraterrestre.

— Et nos parents ? demanda Max.

Michael allait enfin connaître la réponse à la question qui l'obsédait…

— Je suis le seul survivant du crash, répondit Ray. Désolé…

Michael sentit des larmes lui brûler les paupières.

Arrête ça ! Tu les as cru morts pendant des années !

Mais quand Ray s'était montré, la veille, une étincelle d'espoir s'était rallumée dans le cœur du jeune homme…

Tu as presque dix-huit ans ! Plus besoin de parents

pour s'occuper de toi ! Ils seraient sans doute une source d'ennuis…

— Que s'est-il passé ? demanda-t-il. Qu'est-ce qui a provoqué l'accident ?

— Asseyez-vous et je vous raconterai tout, répondit Ray.

Ils s'installèrent sur les sièges en sacco. Les taches bleues et vertes, dans l'aura de Ray, étaient zébrées d'éclairs gris.

— Nous rentrions chez nous… Le décollage s'était bien passé. L'équipe s'est réunie devant la baie panoramique, sur le pont d'observation, pour jeter un dernier coup d'œil à la Terre.

Michael sentit l'air se charger d'électricité.

Une boule bleue et blanche apparut au centre.

La Terre ! réalisa-t-il avec étonnement.

Comment Ray faisait-il cela ?

— Je me suis dit qu'un soutien visuel vaudrait tous les discours…, dit celui-ci.

La Terre fut ramenée à la taille d'une balle de ping-pong. Puis le poste de pilotage et les membres de l'équipe, debout devant le hublot gigantesque, apparurent. Tous avaient les yeux rivés sur la planète.

Ces êtres correspondaient à la description des témoins du crash : un torse petit et glabre, de longs bras fins et une tête énorme, avec des yeux noirs en amande.

Mais aucun rapport n'avait jamais parlé de leur peau : parfaitement lisse, avec des reflets métalliques.

Michael sentit sa gorge se serrer.

Aujourd'hui, ils sont tous morts. Tous sauf Ray…

Et ils étaient si heureux ce jour-là. Si pleins de vie…

Une minute ! D'où lui venait cette pensée ? Michael comprit que Ray ne se contentait pas de partager ses souvenirs visuels. Il leur communiquait également les émotions correspondantes.

Le jeune homme partagea la fierté qu'éprouvait l'équipe d'avoir mené à bien la mission et son excitation à l'idée de rentrer au bercail…

Et la joie à la perspective d'y voir naître les enfants tant attendus.

Mon père et ma mère faisaient partie de ce groupe. Un peu de cette excitation venait d'eux. Ils désiraient vraiment ma naissance…

Michael sentit une boule se former dans sa gorge. Il déglutit avec peine.

Ils sont morts depuis plus de cinquante ans, se rappela-t-il.

— Nous ignorions que notre prisonnier s'était échappé, continua Ray.

— Un prisonnier ? répéta Max à voix basse.

— Il s'appelait… eh bien, disons Clyde… je n'ai jamais aimé ce nom.

« Clyde avait embarqué clandestinement avant le décollage. Il avait volé une des “Pierres de Minuit”. C'est la traduction la plus proche que je puisse donner de leur nom. Ces Pierres sont une source de pouvoir incommensurable. Seuls les membres du Consortium qui gouverne notre monde les utilisent.

« Après son forfait, Clyde s'était caché à bord de notre vaisseau. Nous l'avons découvert pendant notre voyage vers la Terre et enfermé dans un caisson d'hibernation. Il devait lui servir de prison jusqu'à ce que nous puissions le livrer au Consortium…

— Mais quand vous alliez commencer votre vol de retour, Clyde s'est échappé, comprit Michael.

Il n'aimait pas la tournure que prenait l'histoire.

Ray ne répondit pas. Il avait les yeux rivés sur les membres de l'équipe.

— Je n'avais plus revu ces images depuis si longtemps…

Michael dut tendre l'oreille pour l'entendre. Ray murmurait pour lui-même, perdu dans ses souvenirs…

— Mes amis me manquent, ajouta-t-il.

Il est tout seul… Moi, j'ai Max, Isabel, Maria, Alex et Liz. Mais lui, il est seul.

Ray se ressaisit.

— En effet, Clyde s'est échappé. J'ignore comment mais il est sorti du caisson, a retrouvé la Pierre et…

Michael regarda Clyde entrer sur le pont d'observation. Seule une petite pierre lançant des éclats verts et violets le distinguait de ses semblables. Deux membres de l'équipe se précipitèrent vers lui, mais la pierre émit des éclairs ; ils s'écroulèrent.

— Ils sont morts ? demanda Max.

Michael connaissait déjà la réponse. Le chagrin et la colère des images holographiques étaient sans équivoque.

— Oui, confirma Ray. Et il a tué les autres de la même façon. Je ne sais pas comment j'ai survécu au massacre. Il a peut-être essayé d'abattre trop de gens en même temps… Même les Pierres ont leurs limites.

L'image qui flottait devant leurs yeux se centra sur un unique personnage gisant sur le pont…

Michael sut qu'il s'agissait de Ray.

A cet instant, il avait été très près de mourir. Son aura était entourée d'un halo noir.

— Clyde a fait demi-tour, pour ramener le vaisseau sur Terre. A ses yeux, c'était la cachette idéale. Mais il n'avait pas l'expérience nécessaire et il s'est écrasé…

L'image holographique trembla puis disparut. Ray se massa le visage du bout des doigts.

— Quand je suis revenu à moi, il ne me restait pas beaucoup de temps. Certain que les humains avaient vu le vaisseau s'écraser, j'ai traîné vos capsules d'incubation dans la grotte. Quand j'ai voulu récupérer la dernière, les humains étaient déjà sur place, encerclant le vaisseau. Je ne pouvais plus y retourner et je ne voulais pas les conduire jusqu'à vous.

— Qu'avez-vous fait ? demanda Max.

— J'ai filé aussi vite que j'ai pu dans la direction opposée. Le reste, vous le connaissez. Ou vous l'avez deviné. J'ai ouvert le Musée de l'OVNI… et j'ai attendu. Si vous veniez à moi, cela n'éveillerait pas les soupçons de ceux dont nous ne voulons pas attirer l'attention.

— Mais comment avez-vous su que c'était nous ? demanda Max. Moi, je n'ai pas soupçonné un instant votre vraie nature.

— Eh bien, je savais à quel moment vous sortiriez de vos capsules d'incubation. Et quel âge vous auriez sous votre apparence humaine. Et puis je me suis permis de lire tes pensées – un minimum, rassure-toi – pendant que tu travaillais.

— Quoi ! s'écria Michael. Mais nous ne pouvons pas lire les pensées des autres !

— Sois patient, dit Ray. Si tu veux, je t'apprendrai.

— Pouvez-vous aussi nous enseigner ce que vous avez fait – quoi que ça puisse être – pour arrêter Valenti ? demanda Max. Si vous ne nous aviez pas aidés, la nuit dernière, il aurait découvert la vérité…

— Je peux essayer… Mais vous avez grandi sur Terre. J'ignore dans quelle mesure ça a altéré votre nature.

— Le shérif se souviendra-t-il de ce qui s'est passé ? demanda Max.

J'aurais dû lui poser cette question moi-même ! pensa Michael. *Une chose est certaine : Valenti a vu Liz au centre commercial, hier soir. Et il nous a probablement aperçus aussi, Maria, Alex et moi.*

— Il n'aura aucun souvenir des cinq minutes qui ont précédé mon intervention.

Cinq minutes…

Cela devrait suffire. Ils étaient passés à un cheveu de la catastrophe. Valenti ne devait pas se rappeler grand-chose, à part avoir tiré sur Nikolas. Et surtout pas qu'il les avait poursuivis dans le centre commercial…

Ray bâilla.

— Je vais devoir vous mettre à la porte. Retenir Valenti m'a coûté une énergie considérable… et je suis encore vanné. (Il sourit.) Je ne suis plus très jeune.

— Quel âge avez-vous ? demanda Max. Combien de temps vivons-nous ?

— Sur notre monde d'origine, le temps ne se mesure pas de la même manière qu'ici. Mais puisque nous sommes sur Terre, nous vieillirons peut-être à la même vitesse que les humains.

Michael étudia le visage lisse de Ray. Il avait l'air d'un jeune quadra... Pourtant, il était là depuis au moins cinquante années terrestres.

Ray se leva et Max, toujours poli, l'imita aussitôt.

— Une seconde, dit Michael. J'aimerais entendre la fin de l'histoire. Qu'est-il arrivé à Clyde ?

— Il est mort. J'ai vu son cadavre quand je traversais le vaisseau pour récupérer vos capsules d'incubation. S'il vous plaît, il faut vraiment que je me repose.

Michael plissa les yeux, étudiant l'aura de Ray. Parler du crash avait dû être pénible. Les taches vertes et bleues étaient maintenant couvertes d'une sorte de filet violet foncé.

Michael avait remarqué ça chez tous ceux qui avaient perdu une personne chère.

— Merci, dit Max, aidant Michael à se lever. Merci pour tout, Ray.

— Oui. Vous nous avez sauvé la vie... à deux reprises, ajouta Michael.

— Ce fut un plaisir, répondit Ray. Revenez quand vous voudrez.

La main posée sur la poignée de la porte, Michael hésita. Il se tourna vers Ray mais ne put se résoudre à croiser son regard.

— Savez-vous si j'ai des frères et des sœurs… sur notre planète ? murmura-t-il.

— Avoir un frère ou une sœur est fort rare sur notre monde. Chaque couple est autorisé à un seul cycle de reproduction. Il arrive parfois que deux enfants éclosent d'une même capsule d'incubation…

— Comme Isabel et moi, coupa Max.

— Oui. Mais c'est très rare.

— Simple curiosité, ajouta Michael.

Des frères et des sœurs auraient probablement été une source d'ennuis aussi…

Il sortit sans ajouter un mot. Max lui emboîta le pas.

Une fois dans la Jeep, ils se regardèrent un moment.

— Nous sommes censés aller au *Flying Pepperoni* manger une pizza, non ? demanda Michael.

— Exact, répondit Max. Il faut faire un rapport complet à Liz, Maria et Alex.

Il démarra et sortit du parking du Musée de l'OVNI.

— J'ai dit à Liz que je passerais la prendre.

— Isabel devrait être avec nous aussi, fit Michael. Elle aura certainement envie d'entendre ce que nous avons appris sur le crash et sur nos… parents.

— Ma sœur n'est pas en grande forme, tu sais. Quand j'ai quitté la maison, elle était assise sur son lit, dans l'obscurité…

— Tu veux dire qu'elle ne nettoyait pas son placard ? Elle ne réorganisait pas non plus son tiroir… à chaussettes ?

Max secoua la tête, visiblement inquiet.

Michael connaissait Isabel depuis l'enfance. Quand

elle était bouleversée, elle ne passait pas son temps à se morfondre ni à écouter de la musique triste.

Elle triait ses pulls par couleurs, du plus clair au plus foncé, puis recommençait en les empilant en fonction de leur texture ou de leurs motifs.

— Isabel est traumatisée, dit Max. Je détestais Nikolas, mais c'était son petit ami. Voir mourir quelqu'un qu'on aime doit être terrible.

— Raison de plus pour qu'elle ne reste pas seule, conclut Michael.

Si Izzy était malheureuse, elle devait être avec lui. Il ne la laisserait pas seule.

— Elle refuse de quitter sa chambre, avertit Max.

— Dépose-moi chez toi, dit Michael. Va chercher Liz, puis reviens nous prendre. Je vais m'arranger pour donner envie à Isabel de sortir de la maison.

CHAPITRE II

— Je veux que nous soyons amis, murmura Max alors qu'il approchait de chez Liz. Je t'aime, mais nous devons nous contenter d'être des amis…

Peu importait le temps qu'il consacrait à le répéter, son petit discours ne sonnerait jamais juste.

Il ne voulait pas être l'ami de Liz. Mais bien plus que cela !

— Etre trop proche de moi met ta vie en danger, continua-t-il. Regarde ce que Valenti a fait à Nikolas. Rien ne l'empêcherait de recommencer avec toi…

Ah ! C'était mieux. Il ne reculerait devant rien pour assurer la sécurité de Liz. Pas question de connaître ce que subissait Isabel depuis la veille…

Il tourna dans la rue où habitait la jeune fille. Il espérait que Michael aurait plus de succès que lui avec sa sœur… Isabel avait à peine daigné lui jeter un regard quand il avait voulu lui parler, ce matin.

Si quelqu'un pouvait la toucher, c'était Michael. Le jeune homme et Izzy s'étaient toujours compris. Max avait parfois été jaloux du lien qui les unissait.

Là, il était heureux que sa sœur ait quelqu'un à qui parler.

Il ne pouvait pas lire les pensées des autres, comme Ray, mais il était en mesure de capter les émotions d'Isabel et de Michael.

Et le chagrin de sa sœur déferlait sur lui ! Michael aussi avait dû le sentir.

Pauvre Isabel…

Si le shérif Valenti avait tué quelqu'un qu'il aimait… S'il avait tiré sur Liz…

Tu feras en sorte que cela n'arrive jamais.

— Nous devons être de simples amis, répéta-t-il pour la millième fois.

Devant chez Liz, il gara la Jeep dans l'allée du garage. La jeune fille sortit aussitôt… Elle devait avoir guetté son arrivée.

Max aurait voulu arrêter le cours du temps et faire durer cet instant jusqu'à son dernier souffle.

Le soleil se reflétait dans les longs cheveux bruns de Liz.

La fossette, sur sa joue gauche, se creusait quand elle lui souriait. Son jean taille basse laissait deviner ses hanches fines…

Liz monta dans la Jeep. L'instant de grâce prit fin.

— Vas-tu me dire tout ce que tu as appris ou devrai-je attendre que nous ayons rejoint les autres ? demanda-t-elle.

— Cette histoire n'est pas facile à raconter. Si ça ne t'ennuie pas, je préférerais ne pas devoir la répéter.

— Tu vas bien ?

Elle posa une main sur son bras. Max en eut le souffle coupé.

Je parie qu'embrasser une autre fille ne me ferait pas autant d'effet que ce simple contact de Liz...

— Oui.

Max aurait dû se montrer un peu plus loquace. Mais en cet instant, il ne pouvait penser qu'à une chose...

A la main qu'elle avait posée sur son bras. A sa peau douce sur la sienne. Aux vagues de chaleur qu'elle faisait rouler en lui...

Il se ressaisit, et tendit la main vers la boîte à gants, l'ouvrit et en sortit un paquet de chewing-gums. Il n'en avait pas envie, mais c'était le meilleur moyen pour rompre le contact, mine de rien.

— Il faut que je te parle. Au sujet de ce qui s'est passé hier soir.

Liz rougit. Sa gorge et ses joues devinrent écarlates. Il crut savoir quelle image venait de traverser l'esprit de sa compagne : celle de leur cachette exiguë, sous un comptoir, chez *Victoria's Secret*.

Il n'y avait pas vraiment de place pour deux et la jeune fille avait dû s'allonger sur lui.

Il n'aurait jamais dû la toucher. C'était une erreur, une... entorse à leur règlement. Mais il n'avait pas pu s'empêcher de laisser courir les doigts sur son visage. Les arcs parfaits de ses sourcils, ses pommettes hautes et saillantes, ses lèvres douces...

Quand elle lui avait rendu ses caresses, ils s'étaient embrassés. Et ce baiser l'avait bouleversé.

Ils s'étaient déjà embrassés avant. Trois fois.

Max se souvenait de chacun de ces baisers. Mais le dernier...

Il les avait portés à un niveau d'intimité et de sensualité qu'ils n'avaient jamais atteint.

— Je voulais te dire que…

Il hésita.

— … Malgré ce qui s'est passé hier soir, je ne veux pas… Je reste convaincu que nous devons être amis. Ce serait trop dangereux pour toi… Si nous étions trop liés, tu pourrais te retrouver face à Valenti.

— Max…

Liz tendit la main vers lui. Il s'écarta vivement.

— Hier soir, Valenti nous a prouvé à quel point il est dangereux ! Il a tué Nikolas sans prendre la peine de poser de questions. Il a empoigné son revolver et ouvert le feu !

Max jeta un coup d'œil à Liz.

Ses magnifiques yeux sombres s'emplirent de larmes.

Il eut envie de retirer la clé de contact, de la donner à la jeune fille et de la supplier de le poignarder une bonne douzaine de fois en plein cœur. Ça ne pouvait pas être plus douloureux que le regard qu'elle posait sur lui…

Un regard disant qu'il venait de la blesser cruellement.

— Je n'ai pas l'intention de jouer avec tes sentiments ou de te faire du mal, ajouta-t-il. La situation a échappé à mon contrôle. Ça ne se reproduira plus, je te le promets.

— Tu me le promets, répéta Liz d'une voix atone.

Il attendit, mais elle n'ajouta rien.

Je n'aurai pas de mal à tenir ma promesse. Après

la façon dont je l'ai blessée, Liz ne me permettra plus de poser un doigt sur elle.

— J'ai rêvé ou tu viens de boire une gorgée de mon soda à l'orange ? demanda Alex.

— Hein ?

Maria baissa les yeux et s'avisa qu'elle tenait le verre du jeune homme.

— Oh ! Désolée, marmonna-t-elle.

— Non, vas-y, finis-le ! Le *Flying Pepperoni* sert le meilleur soda à l'orange de la ville. Toi, une accro aux aliments naturels, tu apprécies un mélange parfait de sucre, d'eau, de colorants artificiels et d'arômes !

— Je croyais boire mon thé à la menthe, avoua Maria, contrite.

Elle avait la tête ailleurs…

— Crois-tu qu'il y a toute une communauté d'extraterrestres à Roswell ? demanda-t-elle.

— Ils semblent sortir de partout, ces derniers temps, répondit Alex.

Maria laissa courir un doigt sur le bord de sa tasse.

— Les choses ne seront plus jamais les mêmes, maintenant, dit-elle.

— Pourquoi ?

— S'il y a d'autres extraterrestres, Michael, Max et Isabel voudront passer du temps avec leurs semblables et s'intégrer à leur communauté. Une chose est sûre : nous ne pourrons pas les suivre.

— Isabel a besoin de nous ! s'écria Alex. Ils ne nous abandonneront pas sous prétexte qu'ils auront trouvé d'autres extraterrestres. Ils ne feraient jamais une chose pareille !

La jeune fille haussa les épaules.

— Quand même, plus rien ne sera comme avant.

Elle baissa les yeux sur sa tasse de thé.

Que ferait-elle si elle ne devait plus jamais plaisanter avec Max, ou se faire appeler « cosse de pois » ?

Ou ne plus entendre les critiques hilarantes d'Isabel sur les goûts vestimentaires de ceux qui avaient le malheur d'attirer son attention ?

Et si elle ne devait plus recevoir Michael, qui avait pris l'habitude de se glisser par sa fenêtre et d'envahir sa chambre une nuit sur deux ?

Elle devait l'admettre : c'était ça qui lui manquerait le plus. Mais si Michael découvrait un florilège de filles extraterrestres, il ne se montrerait plus chez elle.

Maria était une humaine tout ce qu'il y avait de plus ordinaire…

Comment rivaliser avec des filles qui auraient tout en commun avec Michael ? Partageant avec lui bien plus que des gènes, elles auraient les mêmes souvenirs que lui sur leur monde d'origine. Et elles seraient certainement d'une beauté exotique.

Rien à voir avec celle d'une petite Terrienne…

— Pourquoi sont-ils tous en retard ? gémit Alex.

— Ray devait avoir beaucoup à leur dire.

— Et c'est une excuse, d'après toi ? Mais au fait, toi aussi tu étais en retard !

Maria se demanda si Alex avait pensé aux mêmes choses qu'elle – au sujet d'Isabel, bien sûr. Cela expliquerait son humeur massacrante.

— Alex, il faut être en retard d'au moins un quart d'heure pour que ça compte. Et d'ailleurs j'ai la meilleure excuse possible : mon réveil a fait un truc vraiment bizarre. Pendant que je m'habillais, il a avancé de cinq minutes d'un coup !

— Ah ! Les voilà !

Maria jeta un coup d'œil par-dessus son épaule. Ses yeux se posèrent sur Michael…

S'il avait appris des choses intéressantes, chez Ray, son visage ne trahissait rien. Comme toujours, il enfouissait ses émotions…

Le jeune homme se glissa à côté de Maria, puis attira Isabel à lui et passa un bras protecteur autour de ses épaules.

Maria ne sut pas ce qu'il fallait en déduire. Il avait choisi de s'installer à côté d'elle… Un bon signe. Mais il tenait Isabel serrée contre lui, ce qui…

Arrête de ne penser qu'à toi ! Isabel vit une épreuve terrible. Son univers est sens dessus dessous. C'est à ça *que tu devrais réfléchir ! Cesse de te demander si Michael est assis plus près d'elle que de toi…*

Elle fouilla dans son sac et en sortit un flacon d'huile essentielle de mandarine qu'elle tendit à Isabel.

— Quand je… ne me sens pas très bien, l'odeur de la mandarine me fait du bien. J'aimerais que tu essaies…

Isabel ne répondit pas. Ses grands yeux bleus étaient rivés sur le sucrier posé devant elle.

La pauvre, elle s'efforce de ne pas pleurer.

Maria n'aurait jamais cru qu'Isabel était du genre à verser une larme. Elle était toujours si forte…

Comme si elle n'avait besoin de personne. Mais

l'acier s'était transformé en un verre si fragile qu'un rien le briserait…

Maria posa le flacon d'huile essentielle dans la paume d'Isabel et referma dessus les doigts de son amie.

— Emporte-le, dit-elle. Si tu l'aimes, je t'en procurerai d'autres.

— Merci, répondit Max.

Maria lui sourit… et s'aperçut que le jeune homme avait l'air anéanti.

Et pas seulement à cause de ce qui est arrivé hier soir, songea-t-elle. *Il s'est passé autre chose depuis !*

Elle observa Liz.

Son amie était très raide, les bras croisés et serrés sur ses flancs. On eût dit qu'elle essayait de prendre le moins de place possible. Ou qu'elle ne voulait pas toucher Max.

Que se passait-il ? Le jeune homme lui avait-il déjà répété ce qu'il avait appris de Ray… ? Etait-ce pour cela qu'elle avait l'air sur le point de défaillir ?

— L'un de vous devrait nous dire ce qu'il en est, fit Alex.

Max prit une profonde inspiration.

— Michael, veux-tu que je m'en charge, ou souhaites-tu le faire ?

— C'est toi, notre chef sans peur et sans reproche… Vas-y !

Maria n'aima pas du tout le ton de Michael : une voix dénuée d'inflexion, atone.

— Nous sommes allés rendre visite à Ray, tôt ce matin, commença Max.

— L'un de vous a-t-il commencé à rédiger son

devoir d'histoire ? coupa soudain Alex. Ne me dites surtout pas que oui, parce que moi, je n'ai pas encore choisi mon sujet.

Quelle mouche le piquait ? Maria voulut lui demander s'il avait perdu la tête... Puis un bruit de pas se fit entendre, et une odeur d'eau de Cologne emplit la pièce.

Elle connaissait ce parfum. Celui du shérif Valenti...

Que diable faisait-il là ? Connaissait-il la vérité au sujet de Michael et des autres ? Maria sentit un frisson courir entre ses omoplates.

Pourvu que Valenti n'ait pas remarqué ma réaction..., pensa-t-elle.

Elle ne voulait pas éveiller ses soupçons.

— J'ai déjà rédigé la moitié du mien, répondit-elle, entrant dans le jeu d'Alex. Si tu n'as pas commencé, tu ne devrais pas être ici mais à la bibliothèque !

Valenti s'arrêta devant leur table.

— Je recherche Nikolas Branson, annonça-t-il. Ses parents m'ont appelé ce matin pour m'informer qu'il n'était pas rentré de la nuit.

Etait-il aussi calme quand il avait répandu aux parents de Nikolas ? pensa Maria, furieuse. *S'est-il contenté de leur poser les questions de routine et de leur assurer qu'il ferait tout pour retrouver leur fils... sachant pertinemment qu'il était mort ? Puisque c'est* lui *qui l'a tué ?*

— Nikolas ne me semble pas le genre de garçon à rentrer à minuit, si vous voyez ce que je veux dire, répondit Liz au shérif en le regardant dans les yeux. Il a dû faire la fête et il aura découché.

— Je parie qu'il rentrera cet après-midi, précédé par les rugissements de sa moto ! ajouta Alex.

Valenti se tourna vers Isabel.

— C'est ce que vous pensez aussi ?

— C'est Nikolas tout craché.

Sa voix trembla un peu quand elle prononça le nom de son petit ami… Mais elle ne trahit pas ses émotions.

Il doit rester un peu d'acier, finalement, décida Maria.

— Etes-vous sûre de n'avoir rien de plus à me dire ? Mon fils Kyle m'a appris que Nikolas et vous étiez partis ensemble.

Merci, Kyle ! pensa Maria.

Pourquoi fallait-il que ce mouchard raconte tout à son père ?

— Nous sommes restés ensemble quelque temps, mais nous… nous sommes disputés. Je…

Maria lança un regard affolé à Alex. Isabel allait s'effondrer. Et devant le shérif, en plus !

Que faire ? pensa-t-elle, cherchant frénétiquement une solution.

Michael prit une serviette dans le distributeur et la tendit à Isabel.

— Merci de l'avoir bouleversée de nouveau ! dit-il au shérif. Elle venait juste de s'arrêter de pleurer.

— Nous faisions notre possible pour lui remonter le moral, ajouta Maria. Nikolas s'est conduit comme un salaud avec elle, hier soir.

Isabel se cacha le visage dans les mains. Michael l'attira contre lui, jetant un regard furieux à Valenti.

— Bien. Si vous avez de ses nouvelles – l'un ou l'autre – je compte sur vous pour m'appeler aussitôt.

Autour de la table, le silence s'éternisa. Tous retenaient leur souffle.

— Il est parti ! annonça finalement Max.

Maria soupira de soulagement.

Isabel bondit sur ses pieds.

— Donne-moi tes clés, Max ! Je rentre à la maison.

— Reste avec nous, Izzy ! supplia son frère.

— Non ! Pas question !

La voix d'Isabel devenait de plus en plus stridente. Quelques clients du restaurant se retournèrent, intrigués.

— L'un de nous peut t'accompagner, si tu veux, proposa Liz.

— Ou nous pouvons tous venir, ajouta Maria.

— J'ai besoin d'être seule ! cria Isabel. Ne m'approchez pas !

Max sortit les clés de sa poche ; Isabel les lui arracha des mains.

Maria la regarda sortir de la pizzeria en courant.

Ne sait-elle pas que c'est maintenant qu'elle a le plus besoin de nous ?

Isabel fit sauter une autre écaille de vernis à ongles « cerise sauvage » de son gros orteil. Puis elle ajouta le petit flocon rouge à la pile, sur son couvre-lit.

Elle n'aurait jamais dû écouter Michael et se laisser convaincre de le suivre au *Flying Pepperoni*.

Aussi longtemps qu'elle continuerait d'écailler son vernis à ongle, elle éviterait de penser. L'écran de son cerveau resterait vide, comme celui d'un téléviseur déréglé.

Si elle avait le malheur de s'arrêter, les parasites quittaient l'écran et le même film repassait en boucle.

Celui où le shérif Valenti tirait sur Nikolas et le tuait…

La séance de « cinéma » était ultra-perfectionnée. La jeune fille avait droit aux odeurs. Chaque fois qu'elle entendait le coup de feu, elle sentait la poudre. Même l'odeur âcre de son vernis à ongles ne parvenait pas à la couvrir.

Nikolas aimait à dire que les humains étaient des insectes. Si Valenti s'approchait trop près de lui, il l'écrabouillerait comme une mouche…

Et Isabel l'avait cru.

Elle s'était laissé convaincre qu'avoir peur du shérif était stupide. Elle avait gâché son enfance à nourrir une terreur sans fondement, puisque les pouvoirs de cet homme ne rivaliseraient jamais avec ceux de Nikolas.

Ou avec les siens.

Mais c'était Nikolas qui s'était fait écrabouiller, la nuit dernière, laissant une horrible tache sur le sol… comme tout insecte qui se respecte. Maintenant, Isabel comprenait pourquoi Valenti avait été le pire cauchemar de sa vie. Et elle serait toujours traquée. Nulle part en sécurité…

Elle jeta un coup d'œil à son réveil.

Max ne rentrerait pas du *Flying Pepperoni* avant

au moins une heure. Dès qu'il passerait la porte, il voudrait lui répéter ce que Michael et lui avaient appris chez Ray.

Comme si elle s'en souciait ! Comme si elle avait envie d'en savoir davantage au sujet de son histoire et de ses stupides pouvoirs extraterrestres !

Si elle avait été une fille normale, rien ne serait arrivé…

Isabel retira le dernier flocon de vernis de son gros orteil. Puis elle étudia ses pieds. Il ne restait plus trace de rouge sur ses ongles.

Elle entendit un bruit de pas dans l'escalier. Max avait dû la suivre, inquiet pour son bébé de sœur. Elle aurait préféré qu'il la laisse tranquille. Comme Michael et tous les autres.

On frappa à la porte.

— Fiche le camp, Max !

— Ce n'est pas Max… c'est Alex. Puis-je entrer ?

Isabel n'aurait pas la force d'affronter le jeune homme. Si elle s'arrêtait d'écailler son vernis. Et elle ne le supporterait pas. Elle ne pouvait pas regarder Nikolas mourir en boucle…

— Ta mère m'a donné du soda et des petits gâteaux salés pour toi, continua Alex derrière la porte. Elle a dit que tu ne te sentais pas très bien.

Isabel n'avait absolument pas envie de lui parler. Si elle ne répondait pas, il s'en irait peut-être.

Elle finit de se vernir les ongles, prit un magazine qui traînait sur sa table de chevet et s'éventa les pieds avec. Il fallait que le vernis soit assez sec pour s'écailler… et vite ! Alors le film arrêterait de se dérouler dans sa tête.

— Il est trop tard pour faire comme si tu n'étais pas là !

— Qui t'a invité ? lança Isabel.

Dans le couloir, Alex devait avoir pris son air de chien battu. Tant pis pour lui. Elle ne lui avait rien demandé.

— Personne. Je sais que je suis toujours le bienvenu !

Isabel vérifia l'état du vernis sur ses orteils.

— Que veux-tu ? Que je te dise que tu avais raison au sujet de Nikolas ? D'accord ! Tu avais raison. C'était quelqu'un de dangereux. Il a failli nous faire tous tuer. Décidément, tu sais tout. Maintenant, va-t'en !

Elle entendit la poignée tourner, puis Alex jurer quand il découvrit qu'elle avait fermé à clé.

— C'est ce que tu crois ? explosa-t-il. Que je viens me pavaner pour m'entendre dire que j'avais raison ?

Bien, pensa Isabel. *Mets-toi en colère et fiche le camp.*

— Pourquoi faut-il que tout soit si compliqué avec toi ? soupira Alex. Je venais voir si tu allais bien. Tu vis une épreuve traumatisante, et je me suis dit que tu aurais peut-être envie de parler à un ami.

Oh, génial…

Voilà qu'il allait se montrer gentil. Elle ne le supporterait pas ! Alex et elle… Quelque chose de sympa avait commencé à naître entre eux, avant que Nikolas arrive en ville.

Il l'avait rendue aveugle à tous les autres garçons.

Comment survivrait-elle sans lui ? Il ne lui restait

rien de lui... Pas même une photo. Rien. Si au moins elle avait eu l'anneau qu'il portait tout le temps, celui avec une pierre étrange. Elle le tiendrait serré dans le creux d'une main, se répétant que le bijou lui avait appartenu.

Nikolas l'avait touché.

Isabel eut soudain l'impression que sa gorge était en feu. Elle sentit une larme rouler sur sa joue.

Nikolas... Dieu, Nikolas...

L'odeur de la poudre lui emplit les narines. Elle essaya d'arrêter le flot d'images... La mort d'un garçon qu'elle aimait...

Qu'allait-elle faire ? Elle deviendrait folle si elle ne parvenait pas à garder vide l'écran de ses pensées.

— Je suis toujours là, dit Alex. Crie-moi dessus ! Joue les princesses de glace ! Peu importe. Je ne bougerai pas. Si tu n'as pas envie de discuter, tant pis. Je parlerai pour deux. Je vais te raconter mon championnat de base-ball, chez les minimes. Un de mes meilleurs souvenirs. Je sens encore l'odeur de l'herbe sur le terrain. Et le goût des caramels violets qu'on vendait au snack...

Alex continua de parler.

Et l'écran devint vide !

Isabel se leva, s'assit par terre et pressa sa joue contre la porte. Elle l'écouta lui relater par le menu le premier match de la fameuse saison.

Il était si normal. Un garçon gentil parfaitement normal.

Si elle avait pu être comme lui ! Elle aspirait à être une fille normale qui ne verrait pas briller les auras des gens, ne se promènerait pas dans leurs rêves et ne saurait pas les guérir.

Une fille qui ne se réveillerait pas en hurlant parce qu'elle avait fait un cauchemar où Valenti, avec les yeux et les crocs d'un loup, passait son temps à la suivre.

Je peux être normale. Comme Alex ! Et je n'utiliserai jamais plus mes pouvoirs. Jamais !

CHAPITRE III

Michael regarda son réveil.

Vingt-deux heures treize. Treize minutes seulement qu'il était couché. Pourtant, il aurait cru que ça faisait une éternité…

Il n'était pas fatigué. Pas du tout. Il avait besoin de deux heures de sommeil par nuit, un des avantages de ne pas être humain.

Mais il *devait* se coucher à vingt-deux heures. M. et Mme Pascal pensaient que des horaires réguliers permettaient aux jeunes d'être heureux et de se sentir en sécurité.

Ou un bla-bla de ce genre.

Ses nouveaux parents adoptifs avaient des règles pour tout. Ils lui avaient donné une liste dactylographiée avec, en guise d'en-tête, un dessin idiot représentant un raton laveur qui annonçait dans un phylactère : « *Règlement pour nos Petits Vauriens.* »

Les règles y étaient mises en forme comme un poème. Un mauvais poème ! Par exemple :

« *S'il te plaît, la cuvette des toilettes doit être abaissée.*

Et les mains lavées avant de manger. »

Quand il l'avait montré à Alex, le pauvre avait tellement ri qu'il avait failli mouiller son pantalon.

Mais dès qu'il s'agissait de les respecter, ces règles n'avaient plus rien de drôle…

L'assistant social, M. Cuddihy, ferait une attaque s'il recevait un coup de fil revendicateur des Pascal alors qu'il vivait chez eux depuis moins d'une semaine.

En clair, il ne pourrait pas se risquer, la nuit venue, à sortir en douce de la maison avant au moins un mois.

Une visite tardive chez les Evans était hors de question. Pourtant, il aurait aimé prendre des nouvelles d'Isabel. Il avait envie de la saisir par les épaules et de la secouer. Comment pouvait-elle perdre son temps à pleurer un type comme Nikolas ? Mais il voulait également la prendre dans ses bras, la serrer très fort et la laisser sangloter tout son soûl.

Il ferait n'importe quoi pour retrouver son Isabel.

Une Izzy pleine de repartie, impertinente et bêcheuse.

Pas la fille au visage blême et aux yeux tristes, assise à côté de lui au *Flying Pepperoni*…

Demain, se promit-il. *J'irai la voir tôt demain pour lui apporter le petit déjeuner et m'assurer qu'elle n'a besoin de rien.*

Il s'agita. Ses draps, bordés trop serrés, lui donnaient le sentiment d'être une momie. Il tira dessus. En vain. Le gosse du lit voisin, Dylan, laissa échapper un ronflement sonore.

Michael se plaqua un oreiller sur la tête.

A l'autre bout du couloir, le bébé commença à

pleurer. Quelques secondes plus tard, il entendit les pantoufles à têtes de lapin de Madame se diriger vers sa chambre.

Je serais capable de tuer, pensa Michael. *Ou au moins de mutiler quelqu'un pour sortir de cette baraque ! Il suffirait que je m'envole par la fenêtre... Pas besoin d'aller voir Isabel. Je pourrais partir ailleurs. Chez... Maria !*

C'était une excellente idée. Il avait envie de s'évader. Et la chambre à coucher typiquement féminine de Maria était son meilleur point de chute. Il aimait qu'elle laisse traîner des vêtements et des flacons de vernis à ongles dans tous les coins, sans compter ses bouteilles d'huiles essentielles parfumées. Il appréciait même l'odeur ambiante, un mélange de sirop pour la toux et de roses.

Même quand Maria n'était pas chez elle, il se glissait par sa fenêtre. Mais c'était mieux quand elle était là ! La jeune fille avait le don de le faire rire. Elle était on ne peut plus sérieuse lorsqu'elle parlait de son aromathérapie, ce qui était vraiment tordant.

Mme Pascal fredonna une berceuse pour calmer le bébé. Qui brailla de plus belle ! Michael ne pouvait pas lui en vouloir. La voix de Mme Pascal était... Eh bien, il se félicitait qu'elle n'ait jamais songé à faire carrière dans la chanson.

Michael étouffa un grognement.

Je n'en peux plus ! *Je ne survivrai jamais jusqu'au matin.*

— Rêve, rêve, rêve..., chantonnait Mme Pascal.

Se promener dans les rêves ! pensa Michael.

Voilà l'évasion idéale ! Il ne pouvait pas dormir,

mais rien ne l'empêchait de se promener dans les rêves des autres !

Il ferma les yeux, inspirant profondément. Très vite, il n'entendit plus la berceuse ni les ronflements de Dylan. Les orbes de rêve devinrent visibles. Les sphères luisantes et iridescentes, gigantesques bulles de savon, tourbillonnèrent autour de lui. Chacune émettait une note de musique très pure.

Après ce qu'il venait d'entendre, c'était une nette amélioration…

Michael se promenait moins souvent dans les rêves qu'Isabel. Mais il avait passé assez de nuits à « zapper » de l'un à l'autre pour savoir à qui appartenaient les orbes.

Celui de Doug Highsinger passa près de lui en tournoyant. Ses rêves avaient presque tous un rapport avec le sexe. Mais regarder une star du football prendre son pied n'était pas le genre de divertissement qu'affectionnait Michael !

L'orbe d'Arlene Bluth l'effleura ; il le repoussa. Pas question d'explorer ça ! Elle ne rêvait que de l'école.

Je passe…

Idem pour Tim Watanabe. Pour une raison inconnue, il rêvait sans cesse d'un clown nommé Bobo. Ce n'était pas les affaires de Michael, mais il pensait qu'une thérapie ferait du bien au jeune homme.

Il perçut une note douce et claire.

L'orbe de Maria. Il ne pouvait pas lui rendre visite, mais la voir en rêve…

Quelle drôle d'expérience ! S'immiscer dans le songe d'une amie… Comme s'il faisait irruption dans la salle de bains pendant qu'elle était sous la douche.

D'accord, ce ne serait pas sa première incursion, mais c'était avant qu'il connaisse Maria... Maintenant, les choses étaient différentes.

Je lui signalerai ma présence, décida-t-il. *Comme ça, ce sera moins indiscret.*

Il commença à siffler, attirant à lui l'orbe de Maria. La sphère réagit aussitôt. Son contact, sur sa peau, était doux et frais.

Quand Michael écarta les mains, l'orbe grossit. Lorsqu'il fut assez grand, il y entra.

Allongée dans un champ de fleurs sauvages, elle faisait l'amour avec un type aux cheveux noirs.

Ce n'était pas du tout ce qu'il attendait. Michael rebroussa chemin... aussi vite qu'il put. Il avait pensé que Maria se prendrait pour un oiseau ou une sirène. C'était le genre de rêves qu'elle faisait, avant.

Et qu'elle aurait encore dû faire. Maria rêvant de faire l'amour avec n'importe qui...

Ça lui paraissait... mal.

D'ailleurs, qui était ce type ? Michael lui avait accordé un rapide coup d'œil, et il ne lui avait pas semblé familier. Un camarade de lycée ? Maria en pinçait-elle sérieusement pour lui ?

Se mordillant la lèvre, Michael s'assit sur son lit. Il ferait peut-être bien de vérifier. Elle ne savait pas que les garçons – une grande majorité en tout cas – passaient leur temps à embobiner les filles comme elles, douces et innocentes.

Oui, il devait s'assurer qu'elle n'était pas en train de perdre la tête pour un crétin congénital...

Michael ferma les yeux et rappela l'orbe. Il l'amena de nouveau à la taille désirée, puis s'y glissa. Maria et le type étaient toujours en plein ébat… mais le visage du garçon disparaissait dans le décolleté de la jeune fille…

Michael n'aimait pas ça. Pas du tout ! Il s'approcha, tournant autour de Maria et du « satyre » qui ne remarquèrent pas sa présence.

Aucun garçon ne devrait faire ce genre de choses avec Maria ! La fille avec qui Michael regardait des films d'horreur… Celle qui insistait pour lui apprendre à confectionner un gâteau. Celle qui avait réussi à lui faire porter un tablier.

Maria était son amie. Elle n'aurait pas dû embrasser un sale type. Il n'aimait pas ça, mais alors pas du tout !

C'est un rêve, se rappela-t-il. *Les songes sont rarement le reflet de la réalité. Maria ne s'intéresse probablement pas à ce garçon.*

C'était évident !

Arlene Bluth ne souhaitait pas passer un examen avec un crayon mou. Tim Watanabe ne devait pas aimer vivre dans une niche avec Bobo le clown. Et Doug Highsonger n'avait pas forcément envie de coucher avec la moitié des filles du…

Mauvais exemple.

— Crois-tu que les garçons ont un bouton marche/arrêt dans la nuque ? demanda Liz. Je n'ai encore rien vu de tel dans un livre de biologie, mais ça ne signifie pas qu'il n'existe pas.

La jeune fille s'efforçait de badiner. Maria était sa

meilleure amie, mais avait-elle envie pour autant de l'entendre se lamenter sur sa relation avortée avec Max ?

Maria ne répondit pas. Assise, elle tenait une chaussure de sport à la main, la fixant comme si elle n'en avait jamais vu.

Liz la lui prit des mains pour la ranger dans le vestiaire.

— Nous retirons les vêtements de sport et enfilons ceux de ville, puis nous quittons le lycée et rentrons chez nous, dit-elle, prenant le ton d'une maîtresse d'école maternelle. A la vitesse où tu vas, on va passer la nuit ici. Tout le monde est déjà parti.

— Désolée, je rêvassais. Quelle était la question ?

Cela ne ressemblait pas à Maria.

N'importe qui pouvait laisser ses pensées vagabonder quand un ami lui parlait. Fût-ce son meilleur ami. Mais Maria n'était pas ainsi. Elle savait écouter les autres.

— Je demandais si tu crois que les garçons ont un bouton marche/arrêt derrière la tête. Un truc qui les pousserait à t'embrasser passionnément et, la seconde d'après, à te traiter comme si tu étais la caissière de l'épicerie du coin. Une fille à qui ils se contentent de dire bonjour en venant lui acheter un paquet de chips... Dont ils ne connaissent pas le nom, mais qui leur semble vaguement familière. Une fille...

— Arrête ! supplia Maria. Je ne vois pas ce que tu veux dire, et ça me fait tourner la tête ! Max t'aime. Il ne t'aime pas. Veux-tu que je t'expose ma théorie ?

— Oui, s'il te plaît.

Liz prit sa brosse à cheveux et entreprit de démêler ses longs cheveux bruns.

Elle espérait que Maria l'aiderait à y voir plus clair. Elle n'arrêtait pas de repenser à ce baiser. Extraordinaire ! Son cœur se serrait à ce souvenir… *Ouah !* On aurait dit que son estomac jouait au yoyo…

— Je n'arrive pas à comprendre comment Max peut m'avoir embrassée, puis repoussée l'instant suivant. A moins qu'il ne partage pas mes sentiments… Pourtant, je suis certaine de l'avoir senti trembler quand je le touchais.

— J'allais t'exposer ma théorie !

— Désolée. Vas-y.

— Bien. Je crois que Max est passionnément épris de toi.

— Mais alors…

— Je n'ai pas fini ! (Maria retira sa seconde chaussure de sport et la jeta dans son vestiaire.) Selon Max, plus tu seras proche de lui, plus tu seras en danger. Alors il te repousse et te traite comme si tu étais une fille quelconque. Tout ça pour que tu sois en sécurité. C'est gentil de sa part.

— Mais je me fiche d'être en sécurité ! s'exclama Liz, brossant si vigoureusement ses cheveux qu'ils en crépitaient. Tout ce que je veux…

— Je n'ai toujours pas fini, coupa Maria.

Elle enleva son short de sport pour enfiler une longue jupe safran.

— Puis il y a ce baiser. L'important, c'est où et quand il s'est produit. Le shérif Valenti était tout près de découvrir votre présence. Vous êtes passés en mode : « *Nous pouvons mourir à tout instant. C'est peut-être notre dernière minute sur Terre...* » Quand on croit qu'on va mourir, on fait des choses qu'on ne ferait jamais en temps normal.

Liz jeta sa brosse à cheveux dans son vestiaire et claqua la porte.

— Si j'ai bien compris, il faudrait que je sois de nouveau en danger de mort pour que Max m'embrasse ?

Maria retira son T-shirt.

— Oui. La prochaine fois que tu es sur le point de te faire tuer, arrange-toi pour que ce soit dans un lieu romantique, avec de la musique et des chandelles.

Liz essaya de sourire. Mais si Maria avait raison – et ça semblait probable – le bouton de Max était bloqué sur « arrêt ».

Maria prit son caraco. Liz vit l'anneau qui pendait à sa chaîne en or.

— C'est joli, dit-elle, tendant la main pour le toucher. C'est quoi comme pierre ?

A chaque mouvement, la couleur passait du vert au violet et du violet au vert.

— Je l'ignore. Je n'avais rien vu de pareil.

Elle enfila son chemisier, mit ses sandales et prit son sac.

— On y va.

— Crois-tu que je devrais envoyer une lettre anonyme à Valenti ? plaisanta Liz. Je pourrais lui écrire quelque chose comme : « *Vous trouverez votre extra-terrestre au restaurant* Les Anneaux de Saturne. » Et bien sûr, je serais là, avec Max, à jouer aux « simples amis »...

— Une solution envisageable, dit Maria alors qu'elles traversaient le gymnase. Ou alors, mais je sais que tu ne vas pas aimer ma suggestion…

Il arrivait souvent que Liz sache exactement ce que qu'allait dire son amie.

— Tu penses que je devrais sortir avec un autre ?

— Oui. La vie, ce n'est pas seulement avoir des A dans toutes les matières et rafler des pourboires en bossant au restau de tes parents. Tu devrais t'amuser un peu…

— Comme si tu sortais avec un garçon différent chaque jour de la semaine !

Ces derniers temps, Maria n'était pas beaucoup sortie. Et la jeune fille croyait savoir pourquoi. Après tout, elle la connaissait depuis le C.E.1. Elle l'avait vue s'amouracher de plusieurs garçons, mais jamais en regarder un comme elle regardait Michael.

Et elle ne lui avait jamais parlé de lui. Elle devait vraiment être accro. Au point de ne pouvoir l'avouer à sa meilleure amie. D'ailleurs, se l'était-elle avoué à elle-même… ?

— Je suis seulement en première ! J'ai tout mon temps. Je ne suis pas une vieille chipie comme toi !

— Ha ! Ha ! Ha ! ricana Liz.

Elle poussa la porte à double battant du couloir principal.

— Tu sais que j'ai raison ! ajouta son amie d'un ton pressant. Si tu continues comme ça, tu te retrouveras au bal de ta promo avec un cavalier qui sera un « simple ami ».

Une idée déprimante…

Liz s'en souvenait encore… A huit ans, chaque

fois qu'elles couchaient l'une chez l'autre, Maria et elle habillaient leurs poupées Barbie et Ken de leurs plus beaux atours et… en route pour le bal de la promo !

Un soir, Liz avait appelé son père de chez Maria pour lui demander si, pour ce fameux bal, elle aurait la permission de minuit. S'y prendre dix ans à l'avance ne lui avait pas paru stupide…

Il avait feint d'y réfléchir sérieusement avant de répondre que oui !

— Et après le lycée, continua Maria. As-tu pensé à l'université ? Et au reste de ta vie ? Passeras-tu des années à rêver de Max ?

L'estomac de Liz se serra. Maria venait de marquer un point… Etait-elle atteinte d'un trouble du comportement qui l'obligeait à penser à Max chaque minute qui passait ?

Maria la saisit par un coude.

— Tu veux un gars avec qui redémarrer en douceur ? chuchota-t-elle. Alors regarde là-bas…

Du menton, elle lui montra le bout du couloir.

Liz découvrit… Jerry Cifarelli.

Jerry était de ces garçons qui semblaient faire de la figuration dans le grand film du lycée : toujours à l'arrière-plan… Plutôt mignon, plutôt intelligent, sportif, aussi.

« Plutôt » sur bien des plans, sans être extraordinaire en quoi que ce soit.

— Allez, fonce ! Il en pince pour toi depuis que tu l'as battu en finale du concours de projets de science, quand vous étiez en première année !

Max lui avait fait comprendre qu'il ne la laisserait

jamais se rapprocher de lui. Elle pouvait pleurer à s'en rendre malade... ou passer à la suite.

— D'accord, il est temps de vivre ma vie. Je t'appelle plus tard.

Un grand sourire éclaira le visage de son amie.

— Tu as intérêt ! Et tu me raconteras tout.

Liz se trouva très calme pendant qu'elle approchait de Jerry. Jamais elle ne se sentait ainsi près de Max... Etre à ses côtés lui donnait l'impression d'avoir pris une douche et de s'être frottée avec un gant de crin. Elle se sentait vivante ; toute sa peau picotait.

On dirait une mauvaise pub, pensa-t-elle. *Quelque chose comme : « Utilisez un gant de crin et tombez amoureuse ! »*

Tomber amoureuse. C'était ça, le problème. Elle aimait Max.

A côté de lui, n'importe qui paraissait « plutôt... » *Dommage, car il est trop tard pour reculer.*

Elle tapota l'épaule de Jerry pour attirer son attention.

— L'interro écrite surprise en biologie était mortelle ! Je n'arrive pas à croire qu'on puisse encore tenir debout.

— C'est vrai, approuva Jerry. J'ai veillé jusqu'à trois heures du matin, cette nuit, pour préparer un contrôle de français. C'est tout juste si j'y ai survécu et... boum ! interrogation surprise en bio !

— Mon amie Maria me conseille toujours de boire un nectar de pêche après une journée infernale. Selon elle, les pêches éliminent les toxines. Ou leur odeur est apaisante... Je ne me rappelle plus exactement.

Bien, c'était une allusion des plus subtiles. Trop, peut-être ? Le garçon l'avait-il saisie ?

Jerry mit son sac sur son dos.

— Veux-tu... euh... aller en boire un ?

— Bien sûr ! Il y en a d'excellents au centre commercial.

— Alors, allons-y !

Si Maria était là, elle serait fière de moi, pensa Liz.

— Je suis garé là-bas, dit Jerry, désignant une coccinelle jaune. stationnée à côté de la Jeep de Max.

Un signe, je suppose...

Elle se força à regarder dans la Jeep et aperçut Max. A la seconde où leurs yeux se croisèrent, il baissa les siens. Pas assez vite pour qu'elle ne remarque pas qu'il était blessé.

Pauvre Max. Elle eut envie de courir vers lui pour s'excuser. Mais il avait eu sa chance... Et il le savait. C'était lui qui l'avait repoussée. Maintenant, il lui faudrait vivre avec. Il leur faudrait vivre avec.

CHAPITRE IV

— Kevin ? appela Maria en passant la porte. Tu es rentré ?

Le gamin ne répondit pas.

Elle ne prit pas la peine de poser la même question à l'attention de sa mère, qui était au boulot, ou partie à un rendez-vous.

Un jour, vers trente-cinq ans, elle s'habituerait peut-être à avoir une mère qui sortait le soir… Et à cinquante ans, elle se ferait peut-être à l'idée que ses parents avaient divorcé.

Pas avant !

Maria entra dans sa chambre et découvrit sur son lit une feuille de papier qu'elle déplia.

« *Chère Maria,*

Je suis sortie dîner avec des amis. J'ai emprunté ton pull noir. N'est-il pas amusant que nous fassions la même taille et que nous puissions échanger nos vêtements ? Sois un amour et fais des spaghettis pour Kevin et toi, d'accord ?

Merci mille fois.

Je t'aime,

Maman. »

Son pull noir…

Le pull lavé avec un programme trop chaud ! Il avait tellement rétréci qu'elle ne le portait plus qu'à la maison, parce qu'il laissait voir la moitié de son ventre…

Maria ne gobait pas cette histoire de dîner « entre amis ». Ce n'était pas le genre de vêtements qu'on portait pour ça. D'évidence, sa mère était sortie avec un ami.

Une chose est sûre, je ne mettrai plus jamais ce pull, se jura-t-elle. *Je l'utiliserai plutôt comme chiffon à poussière. Je n'arrive pas à croire qu'elle ait pu le choisir pour aller à un rendez-vous !*

D'ailleurs, elle ne devrait pas *avoir de rendez-vous !*

Très bien, elle avait besoin de respirer l'odeur du cèdre. C'était la plus apaisante qui soit.

Maria ramassa son sac à dos et fouilla dedans. Elle était certaine d'avoir emporté au lycée un flacon d'huile essentielle de cèdre. En prévision de son exposé en cours de littérature…

Les doigts de la jeune fille se refermèrent autour d'un petit cylindre… Un rouge à lèvres qui ne lui appartenait pas.

Il était foncé, couleur prune. Maria l'aimait beaucoup, mais ça ne lui allait pas du tout. Entre sa peau claire et ses cheveux blonds, chaque fois qu'elle essayait ce genre de teinte, elle trouvait que c'était beaucoup trop voyant.

Ce doit être à Liz.

Son amie pouvait se permettre des couleurs aussi voyantes. Avec ses pommettes hautes, ses cheveux et ses yeux bruns, elles accentuaient sa ténébreuse beauté.

Je me demande comment ça se passe entre Liz et Jerry.

Quand quelque chose se frotta à son mollet, elle sursauta et baissa les yeux.

Rien.

Se levant d'un bond, elle prit son couvre-lit à deux mains et le souleva. Puis elle le jeta sur le sol et inspecta la literie. Ses draps fleuris étaient en train de se transformer en une masse de points colorés.

Pas seulement les draps… Le lit entier devenait un tourbillon de taches de couleurs.

Une hallucination…

La jeune fille ferma les yeux. Elle compterait jusqu'à trois puis les rouvrirait.

Et tout serait redevenu normal. Tout. Il le fallait.

Un. Deux. Trois.

Maria rouvrit les yeux.

Sa chambre à coucher n'était plus qu'une masse de couleurs sans murs ni meubles. Plus rien !

Excepté des points colorés qui tournoyaient de plus en plus vite.

L'estomac de Maria se contracta, sa tête tournait à en avoir le vertige. Puis les points de couleur ralentirent et formèrent un plancher de bois ciré sous ses pieds, une rampe de cuivre poli à droite et une rangée de boutiques à gauche.

Le centre commercial !

Elle tendit le bras et saisit la rampe. Le métal était froid sous sa paume. Froid et solide.

Comment était-ce possible ?

Elle avait plus que jamais besoin de son huile essentielle de cèdre.

Ne panique pas ! *Tout va bien. Pas de danger. Tu es peut-être un peu folle, mais tu n'es pas en danger...*

Elle prit une profonde inspiration et s'écarta de la rampe métallique. Une petite fille se dirigeait vers elle.

Tu vois, tout est normal. Cette fillette n'a rien d'extraordinaire. C'est une gamine avec une poussette et un baigneur.

La gamine continua... et passa *à travers* Maria.

Suis-je morte ? Suis-je devenue un fantôme ?

— Jerry, je travaille comme serveuse, dit une voix féminine. Je sais donc par expérience qu'il ne mérite pas de pourboire pour avoir servi deux nectars de pêche.

Liz !

Maria se retourna et vit son amie en compagnie de Jerry.

— Liz, il faut que tu...

Sa bouche remuait. Mais pas un son n'en sortait.

Le sol ondula sous ses pieds ; elle tituba vers Liz, mais sans l'atteindre.

Le centre commercial se transforma en une multitude de points colorés.

Maria tomba à genoux, les bras serrés autour de son abdomen. Les taches de couleur se rassemblèrent encore.

Quelques secondes plus tard, elles formèrent le décor familier de sa chambre à coucher.

Elle était assise sur son lit.

Son cœur battait si violemment qu'il paraissait

vouloir s'échapper de sa cage thoracique. Elle posa les mains sur sa poitrine... et sentit quelque chose de dur sous ses doigts.

L'anneau.

Maria saisit la chaîne en or, tira la bague à la lumière et la tint devant elle. La pierre jetait des éclats verts et violets qui se reflétaient sur sa peau...

Elle l'amena à hauteur de son visage.

Peu à peu, les lueurs sinistres moururent...

Ce n'est pas une illusion d'optique. Ni un tour de mon imagination...

Minute ! Avant de t'emballer, essaie de raisonner comme le ferait Liz.

Mais ne valait-il pas mieux passer un coup de fil à son amie ?

Maria prit le téléphone et appuya sur le premier numéro en mémoire.

A la deuxième sonnerie, Mme Ortecho décrocha. Elle paraissait distraite, comme toujours quand elle était absorbée par son travail.

Maria n'eut pas besoin de se présenter.

— C'est toi, Maria ! Bonjour ! Liz a appelé et elle a dit... euh... qu'elle était à la bibliothèque. Elle sera à la maison dans une heure.

Maria entendit en arrière-plan un bruit de casserole.

— Non, pas à la bibliothèque... Ah, oui, je m'en souviens : elle est au centre commercial !

La jeune fille en eut la chair de poule.

— Veux-tu que je lui dise de te rappeler ?

— Oui, bien sûr. Merci. Au revoir.

Maria raccrocha. Liz était bien au centre commercial… Tout ça lui fichait une trouille bleue… Et ça s'aggravait de seconde en seconde.

Calme-toi. Fais comme si tu étais Liz. Raisonne en scientifique.

Bien. Ce qui venait de se produire avait un rapport avec l'anneau. Ça au moins, c'était clair. Sinon avec l'anneau, du moins avec la pierre…

Mais Liz voudrait en savoir davantage…

En d'autres termes, elle chercherait des preuves !

Maria se leva et approcha de son étagère pour y prendre *l'Encyclopédie des Pierres et des Cristaux.* Assise à son bureau, elle la feuilleta, à la recherche d'une pierre analogue à celle de sa bague.

Non, pas celle-là... Ni celle-ci…

A la page suivante, elle trouva un petit article : certaines personnes croyaient que les pierres et les cristaux pouvaient renforcer les pouvoirs psychiques.

Elle tenait le rouge à lèvres de Liz quand elle s'était demandé comment ça se passait entre son amie et Jerry… Et soudain, elle l'avait vue ! Ce qui signifiait… Qu'elle avait des dons paranormaux et que la pierre servait sans doute de catalyseur !

Et ne disait-on pas que certains dons psychiques pouvaient guérir ? Donc, elle avait effectivement soigné Sassafras !

La jeune fille se sentit pleine d'énergie. Comme si l'éclat de la pierre l'avait stimulée…

Ouah ! Dire qu'hier, au Flying Pepperoni, *je me trouvais la fille la plus ordinaire du monde... Ennuyeuse avec un grand E !*

Elle avait eu si peur qu'une extraterrestre à la beauté exotique arrive en ville et détourne Michael d'elle…

Bon, elle n'avait pas vraiment le jeune homme dans sa poche, mais c'était une façon de parler…

Si elle avait raison, elle était loin d'être ennuyeuse. Elle était une *médium* ! En d'autres termes, elle avait des pouvoirs que Max, Michael et Isabel ne détenaient pas.

Maria secoua la tête.

Elle se montait la tête trop vite ! Il semblait probable qu'elle s'était allongée sur son lit pour se reposer. Elle faisait toujours des rêves étranges quand elle s'assoupissait le jour.

L'explication la plus logique… Sauf que Maria n'y croyait pas.

Il fallait en avoir le cœur net.

Elle utiliserait de nouveau le rouge à lèvres de Liz, mais il serait mieux – plus scientifique – d'essayer d'abord avec une autre personne.

Kevin, décida-t-elle.

Elle sortit de sa chambre et trébucha sur un gant de base-ball. Inutile de chercher très loin quand on voulait un objet appartenant à son morveux de petit frère !

Maria rapporta le gant dans sa chambre et s'assit sur son lit.

— Je me demande ce qu'est en train de faire Kevin ? murmura-t-elle.

Le lit ondula sous elle.

Ça marche !

La chambre devint une multitude de points colorés qui tourbillonnèrent autour de Maria.

C'est tellement beau… Surtout maintenant que je ne panique plus…

Maria se retrouva dans le parking du supermarché. Son frère et deux amis étaient assis sur le bord du trottoir, devant le magasin.

« *Je peux roter le Serment d'Allégeance !* », se vanta Kevin.

Il prit son soda et le vida d'un trait avec un étrange gargouillis. Maria le vit déglutir.

Kevin rota.

Les taches colorées recommencèrent leur folle sarabande autour de la jeune fille.

Il voulait sans cesse qu'elle l'écoute roter un air ou un autre. Mais elle pouvait aisément s'en passer…

Les points colorés se « rassemblèrent » et Maria fut de nouveau dans sa chambre. Elle baissa les yeux sur l'anneau…

Il brillait.

— Maariiiaa ! brailla Kevin derrière la porte.

Il était trop malin pour entrer sans permission.

— Je ne suis pas sourde, tu sais !

Elle se leva et alla ouvrir.

— Tu es sûre ? fit Kevin. Je t'ai appelée au moins cent fois.

— Tu m'as appelée une seule fois.

Il fallait toujours qu'elle entre dans son jeu et se lance dans une dispute stupide !

— Peu importe, marmonna-t-il. Tu es censée nous faire à dîner, non ?

— Je ne sais pas où tu pourrais le mettre, avec tout ce soda qui clapote dans ton ventre !

Hé ! Une petite minute…, pensa Maria. *Je viens de voir mon frère devant le supermarché. Même s'il est parti tout de suite, il faut au moins cinq minutes pour rentrer à vélo…*

Kevin sortit une boîte de soda de son sac à dos.

— Je n'ai bu que ça, dit-il. Il y en a une plus grande.

La canette était celle… qu'elle avait vue ! Cela n'avait pas de sens… Comment pouvait-il être devant le supermarché *et* à la maison ?

— M'as-tu vraiment appelée plusieurs fois sans que je réponde ? demanda-t-elle.

— Oui. J'avais espéré que tu serais morte, fit Kevin en partant vers sa chambre. Mais dans ce cas, j'aurais été obligé de cuisiner moi-même mes spaghettis…

Il lui lança un sourire malicieux par-dessus son épaule.

Maria s'adossa au chambranle de la porte, les bras autour de sa poitrine.

C'est exactement ce qui s'est passé l'autre jour, quand j'ai découvert que mon réveil avait soudain avancé de cinq minutes alors que je venais de guérir Sassy…

Elle avait cru que le réveil fonctionnait mal. Mais il était possible… A deux reprises, en utilisant ses nouveaux pouvoirs, elle avait perdu un peu de temps. Oh, cinq à dix minutes peut-être…

Ai-je perdu quelques minutes après avoir vu *Liz au centre commercial ?*

Elle n'en avait pas la moindre idée.

Je me demande ce qui m'est arrivé pendant ces « blancs »…

Y penser lui donnait la chair de poule.

Ça ne peut pas être grave. Je me sens bien. Mieux, même.

Un sourire naquit sur ses lèvres.

J'ai vraiment des pouvoirs psychiques ! Je ne suis pas une simple *humaine !*

Le major entra dans la chambre d'Alex.

— Alors, comment ça se passe avec le programme ROTC ?

Le père d'Alex était obsédé par l'idée de voir en son fils l'instigateur d'un programme militaire au lycée. Il ne serait pas heureux tant que tous les gamins de Roswell ne feraient pas des pompes et n'apprendraient pas à monter et à nettoyer un fusil à leurs heures perdues.

Alex ne savait pas vraiment ce qu'était un programme ROTC. Son père lui avait fourni une tonne de documentation sur le sujet, qu'il avait soigneusement rangée... dans la poubelle.

— Il s'agit bien du sigle anglais du Comité Télépathique Royal Orangutais, hein ? demanda-t-il.

— Le temps est une chose précieuse, répondit son père. Quand tu me fais perdre le mien, c'est comme si tu me volais mon portefeuille.

Alex soupira. Les dieux avaient dû être dérangés par un coup de fil quand ils essayaient de doter le major du sens de l'humour. Voilà pourquoi il n'en avait aucun... A moins qu'il ne se le soit fait retirer chirurgicalement avant de s'engager dans l'armée...

Le jeune homme connaissait bien son père.

S'il le poussait à bout, le major se rappellerait soudain que le garage n'avait pas été nettoyé depuis longtemps. Ou que le jardin avait besoin d'être débarrassé des crottes du chien.

Alex ne se laisserait pas faire. Il rendrait les choses aussi difficiles que possible à son père.

— Alex ! On te demande au téléphone ! cria sa mère dans la cuisine.

Une diversion !

— Nous en reparlerons plus tard, dit-il à son père.

Il fonça dans la cuisine et prit le combiné.

— Qui que vous soyez, sachez que vous êtes mon meilleur ami !

— Hum, merci.

Isabel. La voix de la jeune fille lui parut bizarre, comme… cassée.

Bien sûr, c'est logique…

Depuis le drame du centre commercial, elle avait à peine desserré les lèvres. Alex était allé la voir les trois jours précédents, passant son temps à soliloquer. La veille, il était tombé à court d'anecdotes. Alors, il avait confié à son amie qu'à deux ans, il était mort de peur dès qu'il voyait Gros Oiseau.

— Comment vas-tu ? demanda-t-il.

Il était soufflé de l'avoir au bout du fil.

— Bien… je crois. En fait, j'avais un service à te demander. Comme si tu n'en avais pas déjà assez fait pour moi…

Alex n'aima pas ce ton timide. Ça ne ressemblait pas du tout à Isabel.

Bon, il lui arrivait d'être pénible. Surtout quand elle s'amusait à jouer les princesses hautaines, ou à la fille la plus canon du monde à qui tout est dû… Mais il détestait l'entendre si abattue.

— Tout ce que tu voudras.

— Ne veux-tu pas savoir de quoi il s'agit avant de me promettre la lune ? ricana Isabel.

— Tu as les moyens de faire de moi tout ce que tu veux ! Si je n'accède pas à tes désirs, tu diras à tout le monde ce que je t'ai raconté à propos de... l'oiseau. Et mes prétendus amis me chanteront le générique de *Rue Sésame* jusqu'à la fin de mes jours.

Cette fois, Isabel rit pour de bon.

— Ma mère est catégorique : elle refuse que je reste à la maison demain, à moins que je consulte un médecin. Comme c'est sur ta route, je me demandais si tu accepterais de passer me prendre.

Alex ne prit pas la peine de lui demander pourquoi elle n'y allait pas avec Max.

— Bien sûr. Compte sur moi, je viendrai.

— Génial !

Voilà, la conversation devait être arrivée à son terme, non ? Désirait-elle qu'elle se prolonge ? S'il continuait de parler, penserait-elle un truc du genre : « *Je l'ai appelé pour lui demander un service et il m'a retenue au téléphone pendant des heures* » ?

— Bien..., euh..., alors je te verrai demain matin, dit Isabel.

Son ton ne signifiait pas clairement : « *Il est temps de se dire au revoir et de raccrocher.* »

Il eut l'impression qu'elle avait quelque chose à ajouter.

— Merci d'avoir choisi le *Taxi Alex*, plaisanta-t-il. Veux-tu arriver à l'école assez tôt ou... ?

— Je ne sais pas comment te dire ça, Alex... Max

affirme que je suis nulle, mais il faut quand même que je trouve les mots…

— Hum, je ne vois pas de quoi tu parles.

— J'aimerais te faire mes excuses. Mais par où commencer ? Si je choisis le soir où nous sommes allés faire un golf miniature, nous serons au téléphone jusqu'à la fin des temps…

Alex se souvenait parfaitement de cette soirée-là. Isabel l'avait regardé dans les yeux en lui disant qu'elle savait exactement ce qu'elle voulait. Puis elle l'avait embrassé. Le lendemain, elle avait rencontré Nikolas… Et lui, il était devenu transparent comme un fantôme…

— Je ne rentrerai pas dans les détails, continua la jeune fille. Désolée de m'être conduite ainsi quand j'étais avec Nikolas. Même quand il t'a rendu inconscient et qu'il t'a fait du mal, j'ai toujours pensé… Je ne sais pas… Ou si je pensais… à quelqu'un d'autre qu'à moi.

— Isabel, tu n'as pas…

— S'il te plaît, Alex, laisse-moi finir ! coupa-t-elle. Je m'amusais comme une folle et je n'avais pas envie de t'entendre dire que je mettais ma vie – et celle de mes amis – en danger. J'aurais dû t'écouter. Si je l'avais fait, peut-être que…

Il l'entendit ravaler ses sanglots. Mais cette fois, il la laissa finir sans l'interrompre.

— Bien. Une fois encore : je suis désolée. Surtout de t'avoir crié dessus quand tu es venu me dire de faire attention, puis de t'avoir accusé d'être jaloux de Nikolas. Tout ce que tu voulais, c'était me protéger. Je… dois te laisser, maintenant. Je te verrai demain.

Elle raccrocha avant qu'Alex puisse accepter ses excuses. C'était peut-être mieux. Il n'avait pas décidé s'il devait lui révéler la vérité.

Il avait dit à Isabel de rester loin de Nikolas parce qu'il était persuadé que ce garçon finirait par lui attirer de graves ennuis !

Mais ça ne signifiait pas qu'il n'était pas jaloux. Il l'était. C'en était même pathologique…

Alex sortit de sa poche la planche de photos qu'il avait trouvée dans le photomaton, au centre commercial. Max, Michael, Maria, Liz et lui étaient à la recherche d'Isabel et de Nikolas, espérant les retrouver avant Valenti.

Le jeune homme avait récupéré par hasard ces clichés où Isabel et Nikolas s'embrassaient goulûment.

Il n'aurait pas dû les garder. Surtout pas celui où Nikolas tenait une pancarte qui proclamait : « *Salut, Alex !* »

Depuis ce soir-là, il les emmenait partout avec lui.

Il lui suffisait d'y jeter un coup d'œil pour que monte en lui une jalousie dévastatrice.

Pitoyable… Comment pouvait-il être jaloux d'un mort ?

Alex jeta les photos dans l'évier de la cuisine. Puis il prit une boîte d'allumettes et mit le feu.

S'il avait été aussi simple de brûler les souvenirs qu'Isabel gardait de Nikolas…

CHAPITRE V

Isabel prit ses affaires sur l'étagère de son casier et se hâta de traverser le couloir, tête baissée. Tout ce qu'elle voulait, c'était rejoindre ses amis.

Il y aurait Alex, bien sûr, mais aussi Max, Michael, Liz et Maria.

Elle sentait les regards posés sur elle. Jadis, elle aimait être regardée ainsi. Mais ce temps-là était révolu.

Maintenant, les gens parlaient de Nikolas dans son dos. Elle n'arrêtait pas de l'entendre : Nikolas par-ci…, Nikolas par-là…

Tout le monde n'avait plus que ce nom à la bouche. On se demandait ce qui avait pu lui arriver. Pourquoi Isabel et lui s'étaient-ils disputés, la veille de sa disparition ?

— Je parie qu'elle a tué Nikolas parce qu'elle a appris qu'il la trompait avec Stacey Scheinin, murmura quelqu'un.

Des éclats de rire ponctuèrent cette remarque.

Une odeur de poudre monta aux narines d'Isabel.

Oh, non…

Ça recommençait. Elle revoyait Nikolas s'effondrer, les yeux grands ouverts de surprise.

Isabel se fraya un chemin jusqu'aux portes. Se forçant à lever la tête, elle aperçut ses amis installés à leur place habituelle.

L'odeur de poudre s'estompa.

— J'ai entendu dire que tu recherchais un nouveau petit ami, Isabel ! Je suis le garçon qu'il te faut !

Isabel reconnut la voix... et la façon de s'exprimer. D'ordinaire, elle aurait réduit Kyle Valenti au silence d'une réplique cinglante...

Mais pas aujourd'hui.

Tout ce qu'elle souhaitait, c'était rejoindre ses amis.

La jeune fille se laissa tomber près d'Alex. Elle avait l'impression d'avoir la poitrine prise dans un étau.

— Veux-tu que je me charge de Kyle Valenti pour toi ? demanda Liz. Je le ferais avec plaisir, tu sais.

— Laisse tomber. Merci quand même.

Liz était merveilleuse. Elle appelait tous les soirs depuis qu'Isabel n'allait plus en cours. Un matin, Maria et elle étaient venues avec des muffins, du jus de fruit et une tonne de magazines.

Aucun de ses amis ne lui avait dit : « *Je t'avais prévenue ! Je savais que Nikolas nous mettrait tous en danger !* »

Aucun n'avait fait d'allusion pouvant laisser penser qu'ils étaient soulagés que Nikolas soit... soit...

Isabel frissonna.

Michael enleva sa veste et la lui lança. C'était tout lui : toujours présent quand elle avait besoin d'aide.

Et de la manière la plus efficace et la plus discrète qui soit, avec naturel, sans jouer les grands seigneurs.

Tous ses amis avaient été là pour elle. Michael, Liz et Maria.

Sans parler d'Alex, son « tranquillisant humain ». Des heures durant, assis devant la porte de sa chambre, il lui avait raconté les anecdotes qui lui passaient par la tête... Jusqu'à être aphone.

Et Max, bien sûr, qui prenait plus au sérieux que d'habitude son rôle de grand frère. Il la menait à la baguette et veillait à ce qu'elle se lève chaque matin.

— Que vient faire DuPris au lycée ? demanda Alex. N'existe-t-il aucune loi pour empêcher ce genre d'hommes d'approcher des adolescents ?

Isabel jeta un coup d'œil par-dessus son épaule. Oui, pas de doute, c'était bien cet abruti d'Elsevan DuPris qui arrivait, faisant rouler sa canne entre les paumes de ses mains. Il s'arrêta pour parler à un groupe de lycéens, au pied du grand chêne.

La majorité des habitants de Roswell lisait la feuille de chou de DuPris, le *Projecteur Astral*. Mais le journaliste ne semblait pas comprendre qu'ils la lisaient parce qu'ils trouvaient ses histoires hilarantes. Isabel aimait particulièrement les articles sur les bébés extraterrestres suceurs de sang. Ils la faisaient mourir de rire !

— S'il vous offre des bonbons... prenez vos jambes à votre cou, conseilla Liz.

— Je n'aime pas sa façon de venir sans arrêt nous poser des questions, grogna Max.

— Attention ! souffla Alex. Dites « cheese » et

arborez tous votre plus joli sourire. Le voilà qui approche !

— Est-ce un effet de mon imagination, ou tu viens réellement de dire « cheese » ? gloussa Maria.

— Tu as très bien entendu. C'est ma dernière liste. Les expressions liées à la nourriture. Tu le saurais si tu étais allée surfer récemment sur mon site.

— Salut ! lança DuPris. Vous m'avez l'air de jeunes gens brillants et intelligents.

Michael eut un petit sourire narquois.

— Oh, mais n'est-il pas tout sucre tout miel ? chuchota-t-il avec un fort accent du Sud, imitant celui qu'affectait DuPris.

Isabel pouffa de rire.

C'était l'avantage du monde réel. Elle y était une fille normale en compagnie de ses amis. Quoi de plus banal ?

— Je fais un sondage pour mon journal, dit DuPris. Juste une question. Si vous étiez un extraterrestre et que vous alliez dans notre merveilleux centre commercial, qu'achèteriez-vous ?

Le centre commercial... Pourquoi vient-il nous en parler ? pensa Isabel.

Son cœur faillit s'arrêter de battre. Valenti lui avait-il raconté la mort de Nikolas ? Avait-il une autre source d'information ?

Sait-il que j'y étais aussi cette nuit-là ? Connaît-il la vérité sur moi ?

Isabel changea de position pour que son bras frôle Alex. Elle avait besoin de sentir sa chaleur.

— Je crois que j'achèterais... une poterie, répondit le garçon.

— Moi aussi, s'empressa de renchérir Michael.

— Oui, si j'étais un extraterrestre, je ne pourrais pas résister à une poterie, fit Max en hochant la tête.

— C'est le genre d'objets qui sert, ajouta Liz.

— Et ça se nettoie facilement, souffla Maria.

DuPris, l'air dubitatif, se tourna vers Isabel.

— Etes-vous d'accord avec vos amis ?

— Oui, une poterie me semble indispensable.

— Eh bien, merci. J'espère vous revoir bientôt.

Avec un petit signe de la main, DuPris s'éloigna.

— Croyez-vous qu'il est au courant ? demanda Isabel quand il fut hors de portée de voix.

— Il doit savoir qu'il s'est passé quelque chose au centre commercial, dit Max. Un fana d'OVNI a dû lui raconter qu'il avait vu une lumière étrange. Quand Ray a utilisé ses pouvoirs pour bloquer Valenti, la lueur était aveuglante.

— Ça ne peut être que ça, dit Liz.

— Ne pensez-vous pas que Valenti ait pu lui dire la vérité ? insista Isabel.

— Certainement pas ! s'écria Alex. Valenti tuerait DuPris s'il la découvrait. Je ne crois pas que les types du Projet Table Rase apprécient qu'on vienne fourrer leur nez dans leurs affaires.

Il avait raison. Isabel avait intérêt à se reprendre.

— Que faites-vous après les cours ?

Il fallait qu'elle arrête le film qui passait en boucle dans sa tête.

— Nous pourrions aller manger une glace au yaourt, proposa-t-elle.

— Michael et moi avons rendez-vous avec Ray dans la grotte, dit Max. Il nous montrera ce que nous pouvons faire. Des choses auxquelles nous n'avons jamais pensé !

— Quoi ? cria Isabel. Faire usage de vos pouvoirs pourrait attirer Valenti ! Je n'utiliserai plus jamais les miens... Quelle que soit la raison. Vous devez me promettre que...

— Doucement, Izzy, coupa Max.

— Non ! Si Nikolas et moi avions caché nos pouvoirs, nous n'aurions pas attiré l'attention du shérif !

Des larmes lui montèrent aux yeux. Elle les essuya du dos de la main.

— Nikolas serait encore en vie et nous n'aurions pas si peur. Renoncez aussi à vos pouvoirs ! Nous devons nous conduire en humains.

— D'après Ray, on peut empêcher la détection de nos... hum... activités hors du commun, dit Michael.

— Non ! N'essaie pas de me convaincre !

— Il s'agit d'un don extraordinaire. Si Ray peut t'enseigner à l'utiliser sans danger..., insista Maria.

— Laisse tomber ! explosa Isabel. Tu ne sais pas de quoi tu parles ! Tu ne sais pas ce que c'est...

Maria détourna la tête, les joues écarlates.

— Désolée... Je n'avais pas l'intention de te blesser. Je voudrais tellement... être une fille normale, comme toi.

— Iz..., fit Michael.

La cloche l'interrompit.

Isabel se leva.

— Allez voir Ray, si vous croyez devoir le faire. Mais sans moi ! Je n'ai aucune envie de perdre mon temps dans la grotte pour écouter les bavardages d'un vieil homme. Je file en cours !

Ses cours. Une activité normale pour une fille humaine normale.

— Tu viens, Maria ?

— Sûr ! répondit son amie.

Mais elle ne croisa pas le regard d'Isabel.

Ma remarque l'a blessée. Pourquoi lui avoir dit qu'elle ne savait pas de quoi elle parlait ?

Pourtant, même si Maria était fâchée, sa présence restait préférable au regard réprobateur des autres.

Isabel suivit son amie en cours de littérature et sortit son exemplaire de *Jules César*, au programme depuis des semaines. Pas de danger qu'elle repense à Nikolas. Il lui suffisait de se concentrer sur la voix de leur professeur.

Mlle Markham entra.

— Au travail ! lança-t-elle. Hier, nous nous sommes arrêtés au monologue de Portia. A toi, Portia.

Isabel regarda autour d'elle. Elle ne vit personne chercher le passage.

— Nous gardons la même distribution qu'hier, insista le professeur. Qui tient le rôle de Portia ?

— Maria, répondit Arlene Bluth.

— Parfait. A toi, Maria. Nous n'avons pas le temps d'entrer dans la peau de nos personnages. Le passage est long et nous avons du pain sur la planche !

Maria ne commença pas la lecture.

Isabel se retourna sur son siège : Maria avait ouvert son livre… et elle le regardait comme si elle n'en avait jamais vu.

— Maria ? insista le professeur.

— Euh… Maria ne se sentait pas très bien à l'heure du déjeuner, intervint Isabel.

Elle se leva.

— Avec votre permission, je l'emmène à l'infirmerie.

La jeune fille n'attendit pas la réponse de Mlle Markham. Elle prit son amie par le bras et la tira hors de la salle de cours, puis la conduisit aux toilettes.

— Que se passe-t-il, Maria ?

La jeune fille ne répondit pas. Elle fixait un point, droit devant elle, le regard vide.

Le cœur d'Isabel s'affola.

Que se passait-il ? Maria allait très bien quand elles étaient entrées en classe. D'accord, elle semblait fâchée, mais elle allait bien.

— Maria !

Sa voix résonna dans la pièce aux murs carrelés. Pas de réponse.

Isabel eut envie de courir chercher Alex. Ou Max.

Mais elle ne voulait pas laisser Maria seule.

Tu peux t'en sortir. Maria a besoin de toi.

Elle posa les doigts sur le cou de son amie… Oui, elle sentait son pouls : faible et irrégulier.

Dois-je tenter une connexion ? Possible que ce soit la seule solution pour découvrir ce qui ne va pas…

Isabel tendit la main…

Tu ne peux pas utiliser tes pouvoirs ! lui cria une petite voix. *Valenti te trouvera et il te tuera !*

Isabel prit son amie par les épaules et la secoua.

— Maria ! Fais un effort ! Tu es en train de me flanquer une de ces trouilles !

Elle recommença à secouer son amie, plus fort, jusqu'à ce que la tête de Maria dodeline.

— Mais que fais-tu ?

— Tu as parlé ! cria Isabel.

Les yeux bleus de son amie avaient perdu leur fixité.

— Bien sûr que j'ai parlé ! Je te signale que tu étais en train de me dévisser la tête !

— Tu te sens bien ? Dois-je aller chercher de l'aide ?

— Je vais très bien. Dis-moi, que faisons-nous dans les toilettes ?

Isabel sentit un frisson glacé courir le long de son échine.

— Tu ne te souviens de rien ? En cours de littérature, tu étais soudain… ailleurs.

— Oh ! Je savais que je n'aurais pas dû manger le bonbon que m'a donné Alex. Le sucre a quelquefois un drôle d'effet sur moi.

Elle prit Isabel par le bras.

— Retournons en cours.

— Que se passe-t-il, Maria ?

— Rien. Je t'assure, tout va très bien. Allons-y.

Sceptique, Isabel la suivit dans le couloir. Maria avait l'air en forme. Mais il était impossible qu'un peu de sucre l'ait mise dans un état pareil.

Oui, impossible !

CHAPITRE VI

Max s'assit sur le sol de la grotte, dos à la paroi. Le calcaire était frais. Il avait l'impression de s'être déchiré un muscle du cerveau...

Un muscle dont il n'avait jamais soupçonné l'existence.

Ray avait tenté de leur enseigner comment figer le temps, le truc qu'il avait utilisé sur Valenti au centre commercial. Mais ni Max ni Michael n'avaient réussi à comprendre le processus.

— Utiliser son cerveau est bien plus fatigant – et plus difficile, aussi – que son corps, conclut Ray.

Il s'installa face à Max.

Michael resta allongé sur la terre froide.

— Attendez ! Avez-vous recommencé à lire mes pensées ? demanda Max.

Tous les miracles que pouvait faire Ray ! C'était incroyable ! Rien que d'y penser, Max en avait mal à la tête.

— Oui... juste un peu, avoua Ray.

Il dut voir l'air embarrassé du jeune homme – à moins qu'il n'ait encore lu ses pensées – car il sourit.

— Ne t'en fais pas ! Je reste en surface. Je n'ai

aucune envie de me frotter à quelque chose de trop personnel. On ne peut jamais savoir ce qu'on trouvera dans la tête d'un adolescent !

Il tira un Lime Warp de son sac à dos et le décapsula.

— Vous en voulez un ? demanda-t-il.

— Ce truc a un goût de pisse de chèvre, grogna Michael.

Il accepta pourtant l'offre de Ray. Puis il se laissa tomber à côté de Max.

Il but une gorgée et étudia la canette de plus près.

— Je n'arrive pas à croire que nous ressemblions à ça. Sans vouloir t'offenser, Ray.

Max baissa les yeux sur le petit extraterrestre qui décorait la boîte de soda. Il avait le même petit corps, la même grosse tête et les mêmes yeux immenses en forme d'amande et sans pupilles, que les personnages que leur avait montrés Ray.

— Non, vous avez tout compris de travers ! Cette forme… (il désigna le logo de Lime Warp)… n'est pas plus notre véritable apparence que celle-ci.

Il montra son corps humain.

Max pressa la boîte de soda contre son front. Il avait une migraine atroce. Ray avait gardé la fraîcheur de la boisson en ralentissant le mouvement des molécules qui la composait. Max aurait pu en faire autant… à condition d'y penser. Et au prix d'une concentration intense ! Ray faisait ce genre de choses avec une déconcertante facilité.

— Peut-être que mon cerveau est fatigué, dit-il, mais j'ai du mal à comprendre ce que vous venez de dire.

— Ça n'a rien de compliqué ! Nos corps sont très adaptables. Ils changent selon leur environnement.

« Nous pouvons voyager dans l'espace et visiter toutes les planètes sans avoir besoin des combinaisons élaborées qu'utilisent les humains. Où que nous allions, nos corps se configurent automatiquement pour avoir un fonctionnement optimum. Même sur notre monde, ils changent selon les zones climatiques.

— Hein ? fit Michael.

— Je crois que j'ai compris, dit Max. La Terre a une atmosphère riche en oxygène. Alors, nos corps se sont configurés pour pouvoir la respirer. C'est ça ?

— Bingo ! cria Ray. C'est exactement ça. Et ce que tu viens de décrire n'est qu'une des centaines d'adaptations que peuvent supporter nos corps.

— J'admets ne pas avoir lu autant de bouquins de biologie que le crack ici présent, dit Michael, mais je sais que les corps humains ne sont pas l'adaptation optimale pour vivre dans le désert. Comment se fait-il que nous ne ressemblions pas à des scorpions ou à des cactus ?

— Nos corps s'adaptent à l'environnement physique et social d'un monde, précisa Ray. Les humains étant l'espèce dominante de cette planète, nous avons très logiquement des corps semblables aux leurs.

— Et ces gars-là, alors ? demanda Max, montrant la boîte de soda.

— Une autre adaptation, pour les voyages spatiaux. La densité d'un corps compact protège les organes et les systèmes internes des dommages que la vitesse pourrait occasionner. Et il prend moins de place, permettant ainsi d'emporter plus de matériel.

— Cool ! fit Michael.

— Très cool ! renchérit son ami. Pourriez-vous nous montrer des hologrammes, ou quel que soit le nom que vous leur donnez, de certaines formes que nous prenons chez nous ?

— Je ne comprends pas pourquoi vous dites « chez nous » en parlant de notre planète-mère, dit Ray. « Chez nous », c'est la Terre.

« Je crois que j'ai fait une erreur en vous parlant de cet… autre monde. J'essaie de m'en souvenir comme d'un rêve… merveilleux, mais qui n'a rien de réel et qui ne le sera plus jamais. Cette planète, la Terre, c'est chez moi, maintenant.

Soudain, il eut l'air triste. Max ne reconnaissait plus en lui le patron jovial qui n'arrêtait pas de plaisanter. Il se demanda ce qu'il ressentirait s'il devait, comme Ray, se construire une vie sur une autre planète, sachant qu'il ne reverrait plus ses parents ni Liz.

Il n'était pas sûr de s'en sortir aussi bien…

Ray se leva.

— Allez, sortons.

— Alors, c'est tout ? s'insurgea Michael. Vous ne répondrez plus à nos questions ? Vous décidez pour nous que nous en savons assez ?

Ray croisa le regard du jeune homme.

— Je n'ai pas l'intention de vous encourager à rêver d'un autre monde ! Nos vies sont ici. Il ne tient qu'à nous de les vivre.

— Merci beaucoup ! fit Michael, ironique.

Ray se tourna vers Max.

— Je sais que je dois vous sembler dur. Mais faites-moi confiance, vivre sur un monde alors que votre cœur et votre tête sont restés sur un autre est la meilleure garantie… d'une existence misérable.

Max n'avait pas envie de pousser Ray à en dire davantage. D'évidence, il essayait de se protéger au moins autant qu'il voulait protéger les deux jeunes gens.

Mais il devait savoir une dernière chose.

— Pourriez-vous me dire… ?

— Max, j'ai pris ma décision, coupa Ray.

— C'est très important, insista Max. Pouvez-vous nous enseigner un moyen de neutraliser Valenti ?

Ray soupira.

— Vous en avez vraiment besoin… Nous pouvons continuer de travailler à figer le temps. Mais ce n'est pas une solution. Impossible d'y recourir trop souvent, voyez-vous. Moi-même, je n'en serais pas capable avant un mois… Ça demande trop d'énergie.

— Existe-t-il un autre moyen ? demanda Max.

— Se tenir tranquille. C'est ce qui m'a permis de rester en vie ces cinquante dernières années.

— C'est tout ? Se tenir tranquille ? répéta Michael.

— Eh bien, ça… et un petit truc que j'utilise parfois. Regardez !

— Regarder quoi ? demanda Max.

Le visage de Ray était en train de changer. Ses cheveux devinrent plus longs et plus foncés. Son corps rapetissa, prenant des formes différentes.

Il ressembla à… Liz.

— *Aaaah !*

Michael laissa échapper un cri aigu plutôt comique.

— Nous pouvons changer d'apparence à volonté, dit Ray.

Il avait même la voix de Liz !

— C'est ce que j'ai fait après le crash. Je n'avais plus envie de ressembler au scientifique que connaissaient les habitants de Roswell.

— J'en ai la chair de poule ! avoua Max.

Le jeune homme avait beaucoup de mal à regarder son patron en face. Il y avait trop de choses qu'il préférait ne pas voir. Par exemple, Ray avait maintenant des seins… Ceux de Liz !

— D'accord, je comprends.

La voix de Ray devint plus grave à mesure qu'il reprenait son apparence « normale ».

— Vous aviez même sa voix ! s'étonna Max.

— Simple question de cordes vocales. Peut-être avez-vous entendu dire qu'on avait vu Elvis chez un vendeur de tacos, à El Paso ?

Max hocha la tête.

— C'était moi !

Ray avait l'air très fier de lui.

Max sourit. Ray était un fan d'Elvis… mais quelle drôle d'idée !

— C'était ma façon de faire revivre le King. (Il ajouta, imitant la voix d'Elvis :) Merci beaucoup.

— Il faut que vous nous montriez ce truc, conclut Max.

— Pourquoi n'as-tu pas accepté l'invitation de Jerry quand il t'a proposé d'aller au *UFOnics* avec lui ? demanda Maria.

Passant derrière le comptoir du *Crashdown Café*, Liz laissa échapper un grognement.

— Je savais bien que tu avais épié notre conversation ! Après tout, tu n'as essuyé que trois fois la table voisine !

— Pas trois, quatre, avoua Maria. Mais si je ne te surveillais pas, tu recommencerais à rêver tout éveillée de Max sans faire attention aux autres. Et tu finirais en vieille chouette desséchée !

— Si tu n'arrêtes pas, je vais finir… par te fourrer cette éponge en travers de la gorge !

— D'accord, j'arrête ! Mais je veux quand même savoir… Pourquoi as-tu dit à Jerry que tu lui donnerais ta réponse demain ? Tu aurais dû accepter tout de suite !

— Il m'a invitée à aller en boîte… N'importe où ailleurs *excepté* au *UFOnics*, j'aurais répondu oui.

— Mais tu adores danser !

— Là n'est pas la question. Ce n'est pas danser qui me gêne, mais les contacts physiques.

— Les « contacts physiques » font partie d'une sortie, qu'on danse ou pas. S'il t'avait invitée à voir un film, ce ne serait pas mieux. Etre assise à côté d'un garçon dans le noir est sans doute plus risqué. Même s'il t'avait demandé de l'accompagner au bowling, tôt ou tard, vous vous seriez retrouvés devant ta porte. Et une fois encore, le problème des « contacts physiques » serait posé !

— Je suppose que tu as raison…

Le thème de *Rencontres du Troisième Type* retentit. Maria jeta un coup d'œil vers la porte. Le père de Liz venait d'entrer, sifflant une chanson des Grateful Dead.

La jeune fille souleva la partie mobile du comptoir pour permettre à M. Ortecho de passer.

— Je ne vous vire pas encore cette fois, mais si vous êtes de nouveau en retard, vous n'aurez peut-être pas la même chance ! plaisanta-t-elle.

— Désolé, mademoiselle DeLuca ! s'écria M. Ortecho d'une voix de fausset. Ne soyez pas fâchée ! Il y avait des soldes. Je ne pouvais pas manquer ça. Tenez, sentez-moi ça ! Ça vous aidera à vous relaxer !

Maria rit de bon cœur.

— Je ne parle pas comme ça ! protesta-t-elle.

— Tu parles exactement comme ça, confirma Liz.

Elle saisit la cafetière et partit vers une table où deux ufologues très sérieux étudiaient une carte du site du crash.

Maria bâilla, les avant-bras sur le comptoir. Elle était épuisée. Depuis la fin des cours, elle se sentait bizarre. Elle avait beau s'efforcer de ne plus y penser, il lui était difficile d'oublier l'absence qu'elle avait eue en littérature, après le déjeuner.

J'aurais dû dire la vérité à Isabel…

Mais c'était le premier jour de son amie au lycée et elle avait assez de soucis comme ça.

Un jour, bientôt, je parlerai de mes pouvoirs. Enfin, dès que j'aurai compris comment les contrôler…

Pour le moment, c'était impossible. L'incident du jour, en classe, le prouvait.

Maria attendait que Mlle Markham arrive. Pour tromper son ennui, elle avait laissé courir son index sur un des noms gravés sur la table, se demandant ce qu'était devenu le garçon qui s'était amusé à ça.

Elle n'avait eu aucune intention de le voir. Mais les points colorés s'étaient mis à tourbillonner autour d'elle et, quelques secondes plus tard, elle s'était retrouvée devant un magasin de voitures d'occasion. Un type ventripotent essayait de vendre une Honda à une jeune femme. Puis les taches de couleur avaient recommencé à tournoyer… et la salle de classe s'était reformée devant ses yeux.

Après, son seul souvenir, c'était Isabel qui la secouait.

Maria avait compris que son pouvoir lui avait fait de nouveau perdre plusieurs minutes. Mais le moment ne lui avait pas paru idéal pour en parler à Isabel. Surtout après la façon dont elle l'avait traitée au déjeuner !

Ses pouvoirs psychiques n'avaient rien à voir avec ceux des extraterrestres. Mais Isabel paraissait prête à s'emporter contre quiconque ferait mention de pouvoirs, quels qu'ils fussent.

— La Terre à Maria !

La voix de Liz ramena la jeune fille au présent. Elle regarda son amie en plissant le front.

— Alors, as-tu décidé d'aller au *UFOnics* avec Jerry ?

Liz se mordit les lèvres.

— Je ne sais pas…

Maria secoua tristement la tête.

— Je n'ai que trois mots à prononcer…

— Attention à ce que tu vas dire.

— « De simples amis ».

Elle n'avait pas envie de se montrer cruelle, mais il arrivait que Liz ait besoin qu'on la pousse dans la bonne direction…

— Tu sais que j'ai raison, ajouta-t-elle. D'ailleurs, Max a déjà pris la décision pour toi.

Liz soupira.

— D'accord. Tu as gagné. J'irai avec Jerry au *UFOnics*.

CHAPITRE VII

— La maison est à nous ! annonça Isabel en ouvrant la porte. Max et mes parents sont partis travailler.

Elle l'emmena au salon.

Alex se demanda si les filles mesuraient l'effet de certaines paroles sur les garçons. « La maison est à nous… » Cinq mots tout ce qu'il y avait de plus banal, sans aucune ambiguïté…

Elle a dit ça uniquement pour information. Elle aurait pu tout aussi bien lancer : « Nous avons du soda dans le réfrigérateur. »

Ça n'était pas *une invitation.*

Il s'assit sur le sofa. Isabel s'installa près de lui… si près qu'il pouvait sentir sa chaleur.

A moins que… Ai-je tort de penser que ce n'était pas une invitation ? Etait-ce une façon toute féminine de me suggérer qu'elle voudrait que je sois autre chose qu'un ami ?

Parce que si c'était une invitation… Pas question de la décliner ! Un garçon courtois et galant ne refusait pas ce genre de choses.

Arrête ça tout de suite ! Fais fonctionner tes neurones, si c'est encore possible.

Il avait envie de se flanquer des claques.

Oh, mais bien sûr que c'était une invitation, crétin ! Ne vient-elle pas de voir le gars qu'elle aime se faire tuer ?

Il prit une profonde inspiration... et fut submergé par les effluves du parfum aux agrumes et aux épices de la jeune fille.

Aurait-il l'air ridicule s'il se levait pour s'asseoir sur le fauteuil en face ? Ce serait infiniment plus facile pour lui...

Ou ils pourraient aller à l'étage. Elle s'enfermerait dans sa chambre et il s'installerait devant sa porte pour parler. Il était bon à ce jeu-là.

— Veux-tu regarder la télé ? demanda Isabel.

Au moins, il ne pouvait pas se méprendre sur la signification de cette phrase.

— Pourquoi pas ?

Elle lui tendit la télécommande. Un geste surprenant chez elle...

Oh, elle n'était pas égoïste ! Mais elle aimait que tout se passe à *sa* manière – fût-ce pour le choix d'un programme télé – et aux autres de se montrer coopératifs...

Alex alluma la télévision et commença à zapper, essayant de paraître cool. Ce n'était pas si facile : Isabel s'était encore rapprochée de lui.

Mes frères se tordraient de rire s'ils me voyaient tout excité parce que le bras d'une nana frôle le mien...

Mais Isabel n'était pas n'importe quelle fille !

Elle pouvait le bouleverser et lui faire perdre la tête en plongeant son regard bleu dans le sien. Il était fou d'elle depuis son premier jour au lycée U.F. Olsen… Il l'avait remarquée dans le couloir. Elle l'avait ignoré…

— Ça te convient ? demanda-t-il en s'arrêtant sur un débat ennuyeux.

— Bien sûr. Veux-tu boire quelque chose ?

Encore des mots tout à fait anodins… Mais la situation serait plus claire si elle s'éloignait de lui une minute.

Alors, il irait s'installer dans le fauteuil…

Hum, oui… Là, ça pourrait passer pour un geste désinvolte.

Une fois à distance respectable d'Isabel, il en profiterait pour se répéter une centaine de fois que ce n'était pas un tête-à-tête entre un garçon et une fille, mais une visite amicale. Un ami – lui, en l'occurrence – venait aider une belle blonde merveilleusement bien faite à surmonter un moment pénible. La prochaine fois, il ferait bien d'amener Liz. Ou plutôt Liz et Maria. Il avait besoin de chaperons…

Isabel se leva brusquement. Il crut qu'elle allait dans la cuisine, mais elle n'en fit rien. Elle se contenta de rester debout et de le regarder. Il lui renvoya son regard, essayant de deviner ce qu'elle avait en tête.

Soudain, Isabel fut sur ses genoux. L'avait-il attirée contre lui ? S'était-elle jetée dans ses bras ? Cela n'avait pas d'importance ! Elle était là… Ses lèvres sur les siennes.

C'était peut-être effectivement une invitation…

Ce fut sa dernière pensée cohérente. Il s'abandonna aux caresses de la jeune fille. Au frôlement de ses seins sur sa poitrine. A sa langue jouant avec la sienne.

Alex n'y survivrait pas... Il prendrait feu et se consumerait. Et il resterait de lui un minuscule tas de cendres...

Il s'en fichait ! Tout ce qui comptait en cet instant, c'était Isabel. Il ne pourrait jamais être assez proche d'elle.

Alex referma les mains sur la taille de la jeune fille et l'attira contre lui. Il crut entendre un léger gémissement.

Quand il leva la main pour lui caresser la joue, ses doigts effleurèrent une étrange rosée. Il rouvrit les yeux...

Et le feu qui le consumait disparut.

Isabel pleurait. Des larmes sillonnaient son visage. Alex s'avisa qu'il avait un goût de sel sur les lèvres.

Oh, Dieu !...

Elle pleurait alors que lui se perdait dans l'extase de leur baiser. Il ne s'était aperçu de rien...

Un idiot ! Un véritable crétin ! Comment avait-il pu imaginer un instant qu'Isabel avait laissé échapper un gémissement sous ses caresses ? Affreux !

— Je suis désolée..., murmura-t-elle d'une voix rauque.

— Ce n'est pas grave. Tout va bien.

Alex eut envie de fuir... Mais Isabel avait besoin d'un ami. Elle avait besoin qu'il la serre contre lui comme le ferait un ami.

Le jeune homme attira la tête d'Isabel sur son épaule.

— Vas-y. Ça fait du bien, parfois. Ma mère ne cesse de répéter que c'est bon de pleurer. Mais va en convaincre une maisonnée d'hommes virils !

Alex continua de parler, lançant tout ce qui lui passait par la tête sur un ton égal et apaisant. Il essaya de faire abstraction des bras de la jeune fille noués autour de son cou. Et de son corps pressé contre le sien.

— Je suis contente que tu sois là, dit Isabel, le son de sa voix étouffé par sa chemise.

Alex savait que c'était un mensonge. Elle aurait souhaité qu'un autre soit à sa place.

— Dylan ! Sais-tu ce qu'est un f… ?

Michael se tut avant de lâcher une grossièreté.

— Sais-tu ce qu'est un « kimbie » ?

Ignorant où était le gamin, il cria assez fort pour être entendu dans toute la maison.

Il espérait que cette petite fouine de Dylan ne s'était pas défilé. Avant de partir, M. et Mme Pascal lui avaient demandé d'aider Michael à s'occuper du bébé.

S'il ne répond pas très vite, cette espèce de rongeur prépubère va le regretter !

Michael essaya de fourrer une autre cuillerée de compote de pomme dans la bouche du bébé.

Ah, oui, Sarah…

C'était son nom. Après tant de familles adoptives, il avait parfois du mal à se souvenir des prénoms.

Sarah laissa la compote de pomme lui glisser dans

la bouche, puis la recracha en riant aux éclats. Michael avait trouvé ça plutôt mignon…

La première fois…

Quand un petit pot de purée de banane, un d'épinards hachés et la moitié d'une ration de compote de pomme décoraient les meubles et le sol de la cuisine, ça devenait lassant.

— Je veux un kimbie ! cria Amanda d'une voix suraiguë dans la pièce voisine.

Qui aurait cru qu'une gamine de cinq ans qui s'entêtait à s'habiller comme une princesse de conte de fées pouvait hurler si fort ?

— Dylan ! rugit Michael. Viens ici tout de suite ! Si tu m'obliges à aller te chercher, ça ne va pas être joli à voir.

Dylan passa la tête par la porte de la cuisine, se tenant hors de portée des projections de Sarah.

— Je fais mes devoirs. C'est l'heure, en vertu du « Règlement des Petits Vauriens ».

Michael fut tenté de prendre le gamin au sérieux… Jusqu'à ce qu'il voie son petit sourire narquois.

— Tes parents ne sont pas là pour le moment. Tu es sous ma responsabilité, alors les règles, c'est moi qui les dicte. J'ai une mission à te confier. Tu découvres ce qu'est un « kimbie » et tu le donnes à Amanda… Peut-être qu'elle arrêtera de hurler à pleins poumons. Puis tu la mets en pyjama et tu la couches.

— Et comment suis-je censé… ? commença Dylan.

— Exécution ! aboya Michael.

Dylan disparut.

Je devrais signaler aux Pascal qu'il existe des gens qu'on paye pour ce genre de choses... Et même que ça porte un nom : baby-sitter.

Ça lui donna une idée. Maria semblait être le genre de fille que ce boulot n'effrayait pas... Il prit le téléphone et composa le numéro de son amie.

Elle répondit dès la deuxième sonnerie. Quand le besoin s'en faisait sentir, Michael pouvait laisser sa fierté au placard. Il la supplia de venir. Et – miracle – elle répondit qu'elle arrivait tout de suite.

Tu peux tenir encore quinze minutes, le temps qu'elle se pointe.

— Et toi, Sarah, je suis sûr qu'en un quart d'heure tu peux avaler un peu de nourriture, au lieu de la cracher !

D'un revers de manche, Michael essuya la purée de banane qu'il avait sur le front. Puis il prépara une autre cuillerée de compote. Sarah en gloussa de plaisir. Tachant de faire la sourde oreille aux hurlements d'Amanda, il porta la cuillère à la bouche de la petite...

Et dut faire un effort pour ne pas hurler à son tour quand la compote lui atterrit au milieu du front, lui dégoulinant dans les yeux.

Lorsque Maria passa la porte, quelques minutes plus tard, Michael était persuadé qu'elle allait prendre ses jambes à son cou.

La jeune fille n'en fit rien.

Elle demanda à Dylan d'aller chercher une feuille et un crayon et de les donner à Amanda pour qu'elle leur dessine un « kimbie ». L'astuce fonctionna à merveille. Ils ne surent toujours pas ce qu'elle réclamait à cor et à cri, mais la gamine se tint tranquille.

Puis Maria entraîna Michael dans la cuisine pour s'occuper de Sarah.

— Crois-tu qu'elle a avalé quelque chose ? demanda-t-elle.

Elle leva les bras pour s'attacher les cheveux. Le mouvement fit remonter son chemisier, le plaquant sur sa poitrine…

Et le rêve revint à l'esprit de Michael.

Cela arrivait trop souvent, ces derniers temps. Il suffisait que Maria fasse un geste innocent pour qu'il revoie le rêve… Il n'aurait jamais dû violer les songes d'une amie. A présent, en un déclic, ses pensées passaient de la mention « pour tout public » – en frôlant parfois l'« accord parental souhaitable » – à « interdit aux moins de dix-huit ans ».

Hier, par exemple…

Comme chaque jour, ils s'étaient réunis pour déjeuner ; Maria avait insisté pour qu'Alex et lui mangent au moins un légume chacun. Michael avait docilement tendu la main pour prendre une branche de céleri, effleurant la peau de la jeune fille. Ce simple contact avait suffi. Soudain, il s'était demandé ce que cela lui ferait si elle le caressait partout.

— Si tu es obligé de réfléchir à ce point, je crois que la réponse est non, dit Maria.

— Euh…, oui, c'est ça.

— Attendons de voir si elle aura faim plus tard, décida la jeune fille. Elle est trop énervée pour manger maintenant. Un bain devrait l'aider à se calmer.

Elle saisit une éponge et la lança à Michael.

— Tu ferais bien de nettoyer la cuisine.

Il fut heureux d'avoir une occupation qui l'oblige à détourner les yeux de Maria... même s'il l'entendait parler à Sarah et l'asperger d'eau dans l'évier de la cuisine.

Pourquoi avait-il fallu qu'elle soit si sexy dans ce rêve ? Mignonne, c'était ainsi qu'il l'avait toujours considérée, avant.

Il se rappela à quel point elle était fâchée, au bal de la rentrée. Pour elle, le mot « mignon » définissait un chaton. Et il avait pensé que sa façon de se hérisser était... mignonne.

C'était ainsi qu'il voulait la voir. Si seulement il avait existé un moyen d'effacer les souvenirs de ce maudit rêve ! Michael désirait revenir à « accord parental souhaitable ».

Refusant de jeter un seul coup d'œil à la jeune fille, il récura la table à s'en faire mal au bras. Puis il s'attaqua à la chaise haute de Sarah, aux meubles et au sol.

— Bien, elle est propre. Peux-tu m'apporter une serviette et des vêtements de rechange ? demanda Maria.

— Dylan ! Une serviette et des vêtements propres pour Sarah !

Michael décida qu'il pouvait regarder la jeune fille. Elle lui parlait, il n'allait pas continuer à fixer le sol comme un idiot !

Il tourna la tête vers elle.

Grave erreur...

Sarah ayant aspergé Maria de la tête aux pieds,

son chemisier avait quelques taches « semi-transparentes » plutôt intéressantes. Il garda les yeux rivés sur son visage.

Maria haussa les sourcils.

— J'ai toujours rêvé d'avoir un petit frère, admit Michael. Tu sais, quelqu'un qui m'apporte les trucs dont j'aurais besoin quand je serais trop paresseux pour aller les chercher…

— Oh, c'est horrible, n'est-ce pas, Sarah ?

Maria se pencha pour embrasser le bébé sur la tête.

Michael regretta de ne pas être allé chercher la serviette et les vêtements… Parce qu'à regarder Maria embrasser le bébé, il avait envie d'être à sa place. Etrange pensée…

Sarah recommença à s'ébattre, remuant ses jambes grassouillettes.

Michael se demanda comment il réagirait si elle l'embrassait. Mais pas sur la tête…

N'y songe même pas !

Ce serait trop… bizarre.

Avec Maria, il se sentait protecteur ; il adorait la taquiner et lui faire peur quand ils regardaient des films d'horreur. Ce serait presque comme embrasser sa petite sœur !

Dylan entra dans la cuisine et posa la serviette et les vêtements du bébé sur la table.

— Un « kimbie » est un gant de base-ball, marmonna-t-il. Amanda aime dormir avec.

— Bon travail ! dit Michael.

Dylan hocha la tête.

Puis il ouvrit le réfrigérateur, fouilla dedans et le referma. Il feignit ensuite de s'intéresser au bébé.

Pourtant je jurerais qu'il s'en fiche royalement..., pensa Michael.

Le gamin se servit un verre d'eau, le but, s'en versa un autre...

— As-tu besoin de quelque chose, Dylan ? demanda Maria.

Elle souleva le bébé et le tint sur sa poitrine.

Michael détourna les yeux pour regarder Dylan. C'était préférable.

Dans quelques jours, le souvenir du rêve érotique se serait estompé et les choses auraient repris leur cours normal. Il voulait pouvoir passer du temps avec Maria sans avoir... certaines pensées.

— Hum... demain, il y a une soirée, dit le gamin.

Il dansait d'un pied sur l'autre.

— Et tu as peur que les Pascal ne te laissent pas y aller ? demanda Michael.

— Non, ils m'ont déjà donné la permission. Papa m'y emmènera. Mais... je ne sais pas danser.

Michael jeta un coup d'œil à Maria, qui réprima un sourire.

— C'est facile, tu sais, dit-elle. Nous t'apprendrons, si tu veux. Mais je dois d'abord coucher le bébé. Sois gentil et montre-moi où est sa chambre.

Il vaut mieux que j'aille chercher des CD, pensa Michael.

Il monta dans sa chambre – enfin, la sienne et celle de Dylan. Il était sincère en confiant à Maria qu'il avait toujours souhaité avoir un petit frère. Et pas seulement pour le côté larbin... Ça, c'était un bonus !

Apprendre la danse à Dylan lui donnait une idée de ce que ressentait un grand frère… Un aperçu de ce qu'il aurait pu connaître. Bien sûr, son petit frère n'aurait jamais été un crétin qui a besoin de cours de danse à treize ans ! Michael aurait pris son éducation en main bien avant.

Mais pourquoi perdait-il son temps à fantasmer ?

Il n'aurait jamais de petit frère. Ni de grand. Ou de sœur. Ou de parents.

— Michael, viens ! appela Maria du salon. J'ai envie de me remuer un peu !

Il sourit.

Elle avait le don de l'égayer. Et c'était exactement ce qu'il lui fallait… Surtout quand il était sur le point de sombrer dans la mélancolie.

Il prit quelques CD, sortit un sweat-shirt de son tiroir et se hâta de les rejoindre au salon.

— J'ai pensé que tu aurais peut-être froid. Tu es toute mouillée, Maria.

Il lui lança le sweat-shirt qu'elle passa aussitôt.

Bien.

Michael mit un CD dans le lecteur et envoya la musique.

Dylan se raidit.

— Et je suis censé faire quoi ?

— Tout ce que tu voudras ! cria Maria en joignant le geste à la parole.

Dylan eut l'air affolé par ce déchaînement de grâce féline.

— Ne t'inquiète pas. Tout le monde ne danse pas comme Maria, dit Michael. Laisse glisser tes pieds d'un côté puis de l'autre !

— Ça marche ! lança Maria. En tout cas, c'est ce que fait Michael. Et il existe des filles assez désespérées pour danser avec lui !

Dylan éclata de rire.

Maria le prit par la main et l'entraîna, lui faisant faire plusieurs fois le tour de la pièce.

Michael les regarda. Maria avait raison : il était bon danseur, mais il ne vivait pas la musique. Pas comme *elle*. C'était comme si les notes l'emportaient de ses boucles blondes et rebelles à…

Reprends-toi ! s'ordonna Michael.

La chanson finie, il arrêta le lecteur.

— Tu te débrouilleras très bien, dit-il à Dylan.

— Et en ce qui concerne les… vous savez… les slows ?

— C'est encore plus facile, répondit Michael. Même pas besoin de bouger vraiment les pieds. Tu te contentes de tenir ta partenaire et tu… oscilles sur place.

— Mais…

Dylan baissa la voix, gêné.

— Mais… où suis-je censé mettre mes mains ?

Maria changea de CD. Elle baissa la lumière avant de se planter devant Michael.

— Faisons-lui une démonstration.

Il ne voulait pas l'enlacer alors qu'il pensait encore à son chemisier mouillé et transparent…

Mais impossible de trouver un prétexte pour se défiler.

— Tu peux poser les mains à plusieurs endroits, Dylan. Je mets généralement les miennes ici…

Joignant le geste à la parole, il les posa au creux de la taille de Maria.

— Un bon choix, dit son amie. Et la fille peut faire quelque chose dans ce genre-là.

Elle passa les bras autour du cou de son partenaire improvisé.

C'était plutôt... agréable. Contrairement à ses angoisses, il ne se sentait pas mal à l'aise.

— Et je dois me tenir éloigné d'elle autant que ça ? demanda Dylan.

Michael s'attendait à le voir sortir une feuille et un crayon pour prendre des notes !

— Au début, oui, dit Maria. Mais si la fille est d'accord, si elle te fait signe, tu peux la serrer de plus près. Par exemple, elle lèvera la tête vers toi.

Joignant le geste à la parole, Maria leva les yeux et croisa le regard de Michael.

Ils sont si bleus...

Et, comme toujours, elle sentait bon.

Michael s'interrogeait sur la signification profonde de ce rêve érotique. Avait-elle un garçon en tête ?

— Ou elle peut glisser ses bras autour de ta taille.

Maria en fit la démonstration sur Michael. Et il continua à se sentir bien.

D'une seconde à l'autre, une voix intérieure lui soufflerait : « *Cette fille est comme ta petite sœur !* » Mais cela n'arriva pas.

— C'est le signe qu'elle souhaite que tu te rapproches, continua Maria. Bien sûr, certains types, comme Michael, sont imperméables aux allusions subtiles...

— Je ne suis imperméable à aucune allusion ! s'insurgea Michael.

Il l'attira contre lui et fit remonter une de ses mains le long de sa colonne vertébrale. Elle se blottit plus près encore, la joue pressée sur sa poitrine.

Le sentiment fraternel se faisait toujours attendre…

— Alors, c'est tout ? demanda Dylan.

— C'est tout, répondit Michael.

Il voulut s'écarter ; Maria resserra son étreinte.

— Il reste le baiser, dit-elle.

Et elle regarda de nouveau Michael avec insistance.

— Le baiser ? répéta Dylan, horrifié.

— Il arrive que les gens s'embrassent pendant un slow, dit Maria.

Les yeux de Michael glissèrent jusqu'aux lèvres de la jeune fille. Quel goût auraient-elles… ?

Mais un baiser, quand même…

Danser était une activité charnière. Un garçon et une fille pouvaient être amis et danser ensemble. Mais s'ils s'embrassaient, ils franchissaient la frontière entre l'amitié et… le reste.

— Je crois que tu en as assez appris pour la soirée, Dylan, dit Michael.

CHAPITRE VIII

Max jeta un coup d'œil à sa montre.

Il était presque huit heures.

Liz se demandait-elle ce qu'elle allait mettre pour aller au *UFOnics*... Essayait-elle d'imaginer quelle tenue paraîtrait sexy aux yeux de Jerry Cifarelli ?

— Que penses-tu d'une exposition sur le Cercle de la Terre Creuse ? demanda Ray. Nous pourrions la mettre à côté de celle que nous avons montée sur le lien entre Elvis et les extraterrestres.

— De quelle association s'agit-il ?

Liz et Jerry sont peut-être déjà au UFOnics *et ils dansent, enlacés, sur une chanson langoureuse...*, pensa-t-il.

Pourquoi Maria lui avait-elle dit que Liz sortirait ce soir avec Jerry ? Si elle voulait le torturer, pourquoi ne pas se contenter de lui arracher les ongles ?

— Et tu prétends être un extraterrestre ! grogna Ray. Ne sais-tu pas que nous colonisons le centre creux de la Terre depuis des siècles ?

— Attendez un peu... Quoi ? s'étrangla Max. Et quand aviez-vous l'intention de nous le dire ?

Parler de leur planète d'origine était douloureux

pour Ray. Mais s'il y avait une colonie d'extraterrestres sur Terre, il devait les en informer !

Ray secoua la tête.

— Max. Max. Max... Tu aurais dû me prévenir que tu avais subi une lobotomie. Je t'aurais donné ta soirée.

Oups...

— Je suppose que les mots « centre creux de la Terre » auraient dû me mettre la puce à l'oreille, hein ? Ce soir, mon sens de l'humour s'est fait la malle...

— Ne t'en fais pas, dit Ray. Et pour ta gouverne, pour autant que je sache, Michael, Isabel, toi et moi sommes les seuls extraterrestres sur Terre.

— Et que défend le Cercle de la Terre Creuse ? demanda Max.

Il s'interdit de regarder encore l'heure. S'il continuait de penser à Liz et à Jerry, il finirait par avoir besoin d'une lobotomie.

— Une des théories humaines les plus loufoques, expliqua Ray. Veux-tu en savoir plus... ou préfères-tu me dire ce qui te met dans un état pareil ?

— Oh, rien qui vaille la peine qu'on en parle.

Qu'était-il censé répondre ? Qu'il perdait la tête parce que Liz – la fille qu'il avait repoussée – sortait avec un autre ce soir ?

— Si tu changes d'avis, tu sais où me trouver.

Ray regarda sa montre.

— C'est l'heure de la fermeture. Vas-y ! Moi, je reste.

— Merci, répondit le jeune homme.

Il partit, retrouva sa Jeep sur le parking et s'assit au volant.

Et maintenant ?

Allait-il rentrer et passer la soirée à imaginer Liz dans les bras de Jerry ?

Il tambourina des doigts sur le volant.

Je vais aller voir un film, décida-t-il. *J'espère que ça m'empêchera de me torturer…*

Il sortit du parking et prit la direction du centre commercial. Quand il tourna à gauche dans Cordova, il aperçut l'enseigne néon orange qui signalait l'*UFOnics*. On y voyait un vaisseau spatial s'écraser en boucle.

Max avait prévu de passer devant et de continuer sa route. Oui, c'était son intention. Mais soudain, la Jeep sembla avoir une volonté propre.

Et maintenant, idiot, quelle est la suite du programme ? se demanda-t-il alors qu'il manœuvrait pour se garer.

Il pouvait entrer et dévorer Liz du regard… Mais cela n'aurait rien de discret.

A moins que…

Ses cheveux s'allongèrent avec un bruissement sourd. Max arrêta la transformation quand ils lui tombèrent sur les épaules.

Noirs, décida-t-il.

Il tourna le rétroviseur vers lui et regarda ses cheveux blonds prendre une drôle de teinte orangée, brune puis noire.

Pas mal.

Il ne réussissait pas encore ce genre de transformation aussi vite et bien que Ray, mais ce n'était quand même pas si mal. Il se concentra sur son visage ; sa peau se déforma et se souleva. Ce n'était pas douloureux, mais assez répugnant… Il ferma les yeux.

Quand il les rouvrit, ses pommettes étaient plus hautes et plus saillantes, son nez plus court et son teint plus mat.

Que donneraient les membres du club « Les extraterrestres sont parmi nous » pour assister à une chose pareille ! pensa-t-il alors qu'il descendait de la Jeep et entrait au *UFOnics*.

Le jeune homme se jura qu'il se contenterait de vérifier ce que faisaient Liz et Jerry et de s'en aller aussitôt. Il se fraya un chemin à travers la foule, s'attablant près de la piste de danse.

Dieu, il détestait les sièges du *UFOnics* ! Leur forme imitant des blocs de roche lunaire les rendait très instables.

Craig Cachopo approcha et lui demanda ce qu'il désirait boire. Voir un des garçons les plus populaires du lycée vêtu de l'uniforme le plus loufoque du monde – une rencontre entre la mauvaise science-fiction et le disco clinquant –, compensait largement l'inconfort des sièges !

L'expression de Craig disait clairement qu'il valait mieux ne faire aucun commentaire sur sa combinaison spatiale en tissu extensible violet brillant ou sur les bottes orange qui lui montaient à mi-mollet.

Max commanda un Lime Warp.

Il avait commencé à apprécier cette boisson depuis que Ray lui avait fait goûter. Quand Craig s'éloigna, le jeune homme remarqua Liz et Jerry, sur la piste de danse. Comme on passait un morceau au rythme soutenu, il n'eut pas à les regarder fricoter.

Elle est tellement belle.

Quand Liz sourit à Jerry, Max sentit son cœur se serrer. Il regrettait de ne pas pouvoir discerner l'aura de la jeune fille. Il aurait su si elle s'amusait autant qu'elle en avait l'air. Mais avec les lumières mouvantes et colorées, c'était impossible.

Max but trois Lime Warp et avala des nachos sans quitter Liz des yeux. Dissimulé sous les traits d'un inconnu, il pouvait la dévorer des yeux sans complexe.

Liz et Jerry allèrent s'asseoir à une table voisine.

Soudain, il s'avisa que cela faisait des jours qu'il ne l'avait pas regardée. Ces derniers temps, quand il lui parlait, il fixait un point, à côté d'elle… Voilà où ils en étaient ! Les choses avaient dégénéré. En présence l'un de l'autre, ils se sentaient mal à l'aise.

Il avait tout gâché avec ce baiser, au centre commercial !

Ce baiser qui faisait battre son cœur…

Liz leva la tête… et croisa son regard. Ses grands yeux noirs sondèrent les siens, comme si elle voyait à travers lui et lisait son âme.

Oh, non ! pensa Max, paniqué. *Elle va me tuer si elle se doute que je l'ai suivie…*

Il détourna la tête, feignant de ne pas l'avoir vue.

Elle ne peut pas savoir que c'est moi. J'ai le meilleur déguisement possible. Elle ne peut pas savoir…

Quand il risqua un autre regard vers la jeune fille, elle chuchotait quelque chose à l'oreille de Jerry.

Les premières notes d'un slow retentirent. Max se

raidit. Liz et Jerry allaient-ils danser ? La jeune fille se leva. Son compagnon lui tendit la main…

Max prit la fuite. Il se fraya un passage à travers la foule et sortit de la boîte de nuit.

Trop, c'est trop !

Il en avait assez vu. Inutile de regarder Jerry prendre Liz dans ses bras et glisser les mains dans ses cheveux.

Je pourrais y retourner et mettre un terme à tout ça…, pensa-t-il soudain.

Il suffirait de se connecter à Jerry et stimuler la production d'acide de son estomac, ou quelque chose dans ce genre. Ça ne lui ferait pas grand mal, mais ça suffirait pour qu'il passe le reste de la soirée à « danser » avec la cuvette des toilettes plutôt qu'avec Liz…

Max fut aussitôt écœuré par ses pensées. Songer à utiliser ses pouvoirs ainsi le rendait malade ! Il fourra les mains dans ses poches et partit vers sa Jeep.

— Max !

Il se retourna pour se retrouver face à… Liz. Cette fois, il n'eut aucun mal à lire son aura. Elle était furieuse.

— Je savais que c'était toi ! Aurais-tu oublié qu'aujourd'hui, au déjeuner, tu nous as révélé que Ray vous a appris à modifier votre apparence physique ?

Oui, ça lui était complètement sorti de la tête…

Devait-il feindre de ne pas la connaître ? Prétendre qu'il ne comprenait rien à son discours ? Impossible qu'elle soit sûre à cent pour cent de l'avoir reconnu !

— Tu veux un tuyau ? La prochaine fois, change

de vêtements. Pensais-tu que je ne reconnaîtrais pas ta veste ? Oh, et change aussi tes yeux. Eux, je les reconnaîtrais n'importe où…

La voix de la jeune fille se brisa.

Liz fit un pas en avant et les contours de son aura se mêlèrent à la sienne.

— Tu sais quoi, Max ? Tu aurais pu être le garçon qui dansait avec moi au *UFOnics* ce soir. Mais tu as décidé de me repousser. A présent, tu devras vivre avec.

Elle le plaqua là, et partit sans se retourner.

Pourquoi Michael ne m'a-t-il pas embrassée ? se demanda Maria pour la millième fois depuis qu'elle était rentrée chez elle.

Elle ajouta dans la baignoire une goutte de son mélange d'huile parfumée pour le bain, puis se rallongea sur son oreiller en éponge et ferma les yeux…

Il avait pensé à l'embrasser. Elle en était certaine. Son regard avait glissé jusqu'à ses lèvres…

Bon, d'accord, il avait pensé à l'embrasser. Excellente nouvelle. Ça prouvait qu'elle était plus qu'une amie à ses yeux…

Mais alors pourquoi ne l'avait-il pas fait ?

Ne voulait-il pas d'elle parce qu'elle était humaine et lui extraterrestre ? La jeune fille n'oublierait jamais comment Nikolas la regardait – quand d'aventure il s'en donnait la peine. Il était très clair qu'il la considérait comme une forme de vie inférieure.

Très inférieure.

Non, ça n'était pas la cause de l'hésitation de

Michael. Sinon, il n'aurait pas passé son temps à se glisser par la fenêtre de sa chambre…

Alors, pourquoi ? Pourquoi ? Qu'est-ce qui l'empêchait de céder à ses pulsions ?

Je devrais demander à Liz de m'aider à cerner un peu mieux son caractère.

Mais Liz traversait une grave crise sentimentale…

Sa meilleure amie souffrait de devoir sortir avec un autre garçon que celui qu'elle aimait.

Maria n'avait pas le cœur à torturer Liz en la sollicitant pour analyser sa situation. Difficile de lui demander pourquoi elle n'arrivait pas à nouer une relation avec Michael, quand Liz essayait de se faire à l'idée que son histoire avec Max était finie.

Voilà pourquoi elle ne lui avait pas encore parlé de ses dons de médium.

Liz voudrait sans doute réaliser une batterie de tests pour s'assurer que son imagination n'avait pas pris le dessus sur son bon sens. Et elle ferait toute une histoire au sujet des « absences »…

Maria n'était pas inquiète. C'était sans danger.

Elle attendrait que Liz recouvre son équilibre émotionnel avant de lui annoncer qu'elle avait des pouvoirs psychiques.

Je pourrais en parler à Michael. Au contraire de Liz et d'Isabel, il va bien. Il pourrait m'aider à explorer mes pouvoirs…

Et c'est l'excuse parfaite pour passer plus de temps avec lui ! Sans compter que nos pouvoirs pourraient nous rapprocher... Peut-être m'aurait-il embrassée s'il avait su que je ne suis pas une simple humaine ?

A quoi pensait Michael ? La jugeait-il comme une femelle pathétique parce qu'elle s'était jetée dans ses bras ?

Tu pourrais facilement voir ce qu'il fait. Tu as toujours son sweat-shirt !

Le vêtement était posé à côté de la baignoire… et elle portait l'anneau. Elle l'avait sur elle en permanence.

Ce que je m'apprête à faire est mal…

D'accord… mais ce n'était pas si terrible que ça. Elle jetterait un coup d'œil rapide, histoire de dénicher un indice sur l'étrange mode de pensée de Michael.

C'est décidé, je le fais ! se dit-elle. *Où est-il ?*

La salle de bains se transforma en une nuée de points colorés.

Puis ils formèrent une brume blanche et tiède.

Maria entendit des éclaboussures.

Elle regarda à travers la brume et distingua un panneau transparent. Derrière, Michael prenait une douche.

La jeune fille sourit. S'il avait pu la voir, Michael n'aurait plus eu le moindre doute sur ses intentions.

Heureusement, il ne le peut pas !

Le sol carrelé ondula sous ses pieds et elle fut de retour dans sa baignoire…

Elle ouvrit le robinet d'eau chaude avec ses orteils pour réchauffer son bain. Puis elle se laissa glisser sous l'eau, les cheveux flottant autour de son visage.

Pourquoi l'eau était-elle si froide ?

Maria voulut remonter à la surface et s'asseoir. Impossible ! Elle était allongée au fond de la baignoire, le corps aussi lourd que du plomb… Et le nez et la bouche sous l'eau.

Elle sentit sa poitrine se serrer. Il fallait qu'elle respire. A quelques centimètres de son visage, il y avait de l'air à profusion.

Je vais me noyer ! Dans ma propre baignoire !

Sa mère et Kevin n'entendraient rien. Parce qu'elle ne pouvait pas bouger. Ses poumons brûlaient.

Combien de temps lui restait-il ? Une minute ? Deux ?

La vue de Maria se brouilla. L'eau, au-dessus d'elle, devint noire.

Voilà. Je vais mourir…

CHAPITRE IX

Alors qu'elle revenait vers lui, Liz vit Jerry lui sourire. Ainsi, sa colère ne se voyait pas… Tant mieux. Il n'aurait pas été juste que le pauvre garçon en subisse les conséquences.

C'était Max le coupable !

Il aurait mérité qu'elle déverse sa fureur sur lui, comme un volcan crache sa lave ! Elle aurait dû le forcer à rester debout des heures dans ce maudit parking, le temps de lui dire quel beau salaud il était !

Il s'en était tiré trop facilement.

Mais si elle avait prononcé un mot de plus, elle aurait fondu en larmes… Et pour pleurer, elle attendrait d'être rentrée chez elle et de se retrouver seule.

La jeune fille ne se laissait pas souvent aller. Quand ça arrivait, c'était toujours sous la douche. Elle réglait le jet et laissait l'eau chaude emporter ses larmes…

— Alors, c'était bien le garçon que tu as connu à la maternelle ? demanda Jerry.

— Un parfait inconnu. Je me suis ridiculisée…

— Oui, le pauvre… Etre suivi sur le parking par une superbe fille !

Se rendant compte de ce qu'il venait de dire, Jerry but une gorgée de sa boisson et baissa les yeux.

Il avait l'air terriblement embarrassé.

C'est un garçon adorable, pensa Liz.

Il n'aurait pas dû être là avec elle. Il méritait une fille qui n'ait pas quatre-vingt-dix-neuf pour cent de son cerveau occupés par un autre.

Soudain, la musique mourut, et la salle fut plongée dans l'obscurité. La foule poussa un « Aaaahh ! » d'extase. Puis on annonça par haut-parleur :

— C'est l'heure de la danse de l'extraterrestre !

La « danse de l'extraterrestre » était l'équivalent, à Roswell, de la danse du canard. Liz ne comprenait pas comment cette horreur avait pu devenir un tel phénomène de société.

— Il faut que je t'avoue quelque chose. J'aurais sans doute dû t'en parler avant..., fit Jerry.

Partout dans le club, les gens formaient une longue file sinueuse. Il se pencha vers elle :

— Je ne danse pas *ça*.

Liz rit de bon cœur.

— Moi non plus !

Un de ces rares moments de parfaite harmonie. Liz le vivait à chaque instant avec Max. Ou du moins, elle l'avait vécu...

— Allons vite nous asseoir !

Liz avisa une table libre et y emmena son compagnon. Elle se percha prudemment sur un rocher lunaire instable alors que la danse commençait.

— C'est l'heure pour les juges d'entrer en scène, dit Jerry. Je suis généralement l'Est-allemand. Si tu veux, tu seras le Suédois.

Il passa en revue la file qui serpentait entre les tables.

— Tu vois cette fille, là-bas ?

Il désigna du menton une danseuse vêtue d'un chemisier blanc et d'un pantalon kaki moulant.

— Je lui donne dix pour la technique. Elle ne se trompe jamais de pied ! Et elle ne lâche pas la personne qui la précède. Mais elle mérite un deux pour l'originalité. Elle ne laisse rien deviner d'elle-même dans sa façon de danser. La danse n'est pas sienne.

Liz rit de nouveau.

Que c'était bon ! Elle n'aurait peut-être pas besoin d'une session de pleurs sous la douche.

Maria avait raison. Je suis heureuse qu'elle m'ait convaincue de sortir avec Jerry ce soir.

— Ce type, là-bas, c'est tout le contraire, dit-elle.

Elle le désigna discrètement.

— Il y a tellement d'originalité dans sa prestation que je ne suis pas sûre qu'il danse la même chose que les autres.

— Quelle note lui donnes-tu ? demanda Jerry.

— Hum… Pour l'originalité… onze. Pour la technique… moins trois. Et pour le tatouage… quatre points de bonus, parce que j'admire un gars qui ose se promener avec un koala sur le bras !

— Tu ne peux pas balancer des points comme ça ! Etre juge de la danse de l'extraterrestre est une responsabilité sérieuse. Tu décides qui décrochera le contrat de plusieurs millions de dollars pour la pub des Cosmic Crunch à la télé, et qui rentrera chez lui couvert de honte.

Liz se tordit de rire.

La danse terminée, on passa à un slow.

— Veux-tu danser ? demanda Jerry.

— Bien sûr.

Soudain, le problème du contact physique ne lui posait plus de problème. Ce n'était qu'un slow. Pourquoi s'était-elle mise dans un état pareil à l'idée de danser avec un garçon ?

Pas de quoi en faire tout un plat !

— Tu es sûre que tu ne préfères pas prendre l'air ou faire un tour aux toilettes ? A moins que tu aies envie de boire un soda ?

Oh-ho...

Jerry n'était pas bête. Il avait compris sa stratégie...

— Je suis désolée...

— Inutile ! coupa-t-il. Moi aussi, je suis plutôt timide.

Plutôt.

Liz se souvint qu'elle l'avait classé dans la catégorie « plutôt quelque chose ». Mais c'était mal le connaître. A son contact, elle s'était aperçue qu'il n'y avait rien de « plutôt » chez lui.

Jerry lui tendit la main. Ses doigts étaient un peu moites... La nervosité...

Le jeune homme choisit un coin de la piste de danse qui n'était pas envahi et l'enlaça. Mais il n'essaya pas de l'attirer contre lui...

Et surtout, il ne laissa pas courir ses mains partout sur elle, comme certains.

Liz posa la tête sur l'épaule de Jerry. Ainsi, il n'y aurait pas de moment embarrassant : il ne pourrait pas se pencher pour l'embrasser et elle n'aurait pas à s'écarter.

S'apercevait-il qu'elle se tenait un peu raide entre ses bras ? Elle espérait que non. Il n'était pas facile de trouver une position confortable. L'épaule de Jerry semblait à la mauvaise hauteur et, du coup, les muscles de sa nuque et de ses épaules se contractaient.

Liz ferma les yeux, inspirant lentement. Son cavalier portait un parfum musqué qui lui chatouillait les narines et le tissu de sa chemise était rêche sous sa joue.

Ne sait-il pas qu'il existe des adoucissants pour textiles ?

Elle regretta aussitôt cette pensée. Elle sentait battre le cœur de Jerry contre sa joue.

Il battait très vite alors que le sien gardait son rythme habituel.

Quand le morceau se termina, Liz s'écarta doucement.

— Ça t'ennuierait si nous partions ? Je ne me sens pas très bien et j'aimerais rentrer.

Il le fallait… Pour prendre une longue douche bien chaude.

Je vais mourir, pensa Maria.

Elle sentit l'eau envahir ses narines.

Je vais mourir.

Soudain, elle fut libre. Glissant sur l'émail mouillé, elle se redressa tant bien que mal.

Maria prit une grosse goulée d'air, toussa et recracha l'eau. Elle sortit lentement de la baignoire, s'enroula dans un drap de bain et s'effondra. Il lui fallait se reposer un instant avant de regagner sa chambre.

C'était vraiment stupide !

Elle avait perdu quelques minutes à chaque utilisation de ses pouvoirs psychiques. Et voilà qu'elle décidait d'espionner Michael alors qu'elle prenait un bain !

Stupide ! Stupide ! Stupide !

Maria saisit une serviette pendue à la patère et se frotta énergiquement. Elle ouvrit l'armoire, sortit son sèche-cheveux et se pencha pour le brancher. Elle ôta le diffuseur, le bouton sur la position « chaud. »

Elle se fichait que ce traitement transforme ses cheveux en un paquet de nœuds. Elle voulait être sèche. Complètement sèche ! Et tout de suite !

Maria tenait l'appareil si près de son crâne qu'elle sentit la brûlure sur son cuir chevelu. Il fallait se calmer.

Elle éteignit le sèche-cheveux et se leva.

Après avoir vaporisé sur ses cheveux un baume ne nécessitant pas de rinçage, elle entreprit de passer un peigne dans ses boucles folles.

Tu vois, pensa-t-elle, *tu t'en es bien tirée*.

Oui, l'eau l'avait tirée de son « absence » plus vite que d'ordinaire.

Tout va bien. Il n'y a pas de problème. Il faudra que tu sois plus prudente, à l'avenir.

Oui, elle allait bien. Mais elle aurait pu mourir…

Alex tourna à gauche dans sa rue. Isabel aurait voulu que ce trajet en voiture ne s'arrête jamais.

Elle se fichait de savoir où son compagnon l'emmenait à condition qu'il continue de conduire. Elle aimait être assise à côté de lui dans sa petite Volkswagen, qui lui donnait un sentiment de sécurité.

— Veux-tu entrer un moment ? proposa-t-elle quand il se gara.

— Impossible, je dois y aller ! Mon père pense que le monde appartient à ceux qui se lèvent tôt. Il viendra probablement me tirer du lit à six heures du matin. A midi il fera une inspection du garage. Et après déjeuner, je suis censé m'attaquer à la cave…

Isabel sentit son estomac se contracter.

Les voitures de ses parents étaient garées dans l'allée et la Jeep de Max le long du trottoir. Elle ne serait pas seule à la maison… Mais elle se sentait toujours mieux en compagnie d'Alex. Avec lui, rien de mal ne pourrait lui arriver.

— Si tu veux, demain, je viendrai t'aider, dit-elle.

Elle avait envie de passer la journée avec lui… Et ce soir, quelques minutes supplémentaires près de lui.

— Mon père te verrait comme une source de distraction, pas comme une aide, soupira Alex.

Isabel ouvrit la boîte à gants.

— Je suis toujours curieuse de voir ce que les garçons cachent dans leur voiture.

C'était un mensonge. Elle n'en étudia pas moins les papiers du véhicule, les emballages de chewing-gums, la lampe de poche, la carte et les pièces de monnaie.

Elle n'était tout simplement pas prête à descendre.

Et Alex n'aurait pas dû être prêt à la laisser descendre. Isabel croisa les jambes, espérant rappeler au jeune homme qu'il avait une fille en chair et en os assise à côté de lui. Elle n'était pas habituée à devoir attirer l'attention ainsi…

Que se passait-il ? Pourquoi gardait-il les mains sur le volant alors qu'il avait une occasion de les poser sur elle ?

Isabel savait qu'il était fou d'elle.

On dirait que je l'ai fait paniquer quand je me suis mise à pleurer, l'autre jour. Même moi, je me suis affolée…

Il avait suffi qu'il la touche pour qu'elle fonde en larmes. Elle n'était pas triste, pourtant – ou elle ne se rappelait pas l'avoir été. Mais les vannes avaient cédé…

— Euh… il faut vraiment que j'y aille, dit Alex. Je t'appellerai demain.

— Oh… D'accord… Alors, salut !

Il n'était pas question qu'elle le supplie de rester encore quelques minutes en sa compagnie !

Isabel descendit de la voiture et referma doucement la portière. Elle devrait peut-être rassurer Alex : elle n'allait pas s'effondrer de nouveau s'ils s'embrassaient…

Elle se retourna et revint en courant vers la voiture. Alex baissa sa vitre.

— Euh… j'ai oublié de te souhaiter une bonne nuit.

— Oh, oui… Bonne…

Avant qu'Alex puisse finir sa phrase, elle lui prit le visage entre ses mains et l'embrassa. Le surprenant alors qu'il avait les lèvres entrouvertes, elle en profita pour approfondir son baiser.

Le jeune homme réagit… puis s'écarta. Il s'éclaircit la gorge.

— Je ne crois pas… que ce soit une bonne idée.

— Tu es toujours garé.

Isabel faisait de son mieux pour conserver un ton léger et ironique. Mais son estomac s'était encore contracté.

— Pas de danger que tu aies un accident à cause de moi.

— Ce n'est pas ce que j'ai voulu dire.

— Alors qu'as-tu voulu dire ?

— Je ne peux pas supporter de t'embrasser – pas quand je sais que tu es en train de penser… à quelqu'un d'autre.

Il avait parlé d'un ton mesuré, presque hésitant.

— Rassure-toi, je comprends ce que tu ressens. Mais il vaut mieux que nous restions amis. Rien ne nous empêche de passer du temps ensemble…

— Oh ! Bien. Je détesterais ne plus pouvoir compter sur toi…

Isabel avait l'impression d'avoir reçu un coup de batte de base-ball sur le crâne. Hébétée, elle avait presque du mal à tenir debout.

Alex l'avait repoussée.

Ce garçon était au moins trois barreaux au-dessous d'elle sur l'échelle de popularité du lycée, et il l'avait repoussée ! C'était tellement nul. Humiliant, aussi. Et… inacceptable.

Isabel se força à sourire.

— Eh bien, c'est un soulagement, dit-elle. Inutile que je continue ma petite comédie, n'est-ce pas ?

Le regard d'Alex se voila.

— Que veux-tu dire ?

— C'est pourtant évident. Je me suis montrée gentille avec toi parce que tu as aidé mon frère à me sauver la vie. Au fond, tu es une sorte de cas social, le genre de garçon à qui une fille comme moi fait une fleur en acceptant de sortir avec lui. Mais tu le savais, n'est-ce pas ?

Alex la dévisagea un long moment, l'air on ne peut plus sérieux. Puis il secoua la tête.

— Tu devras faire mieux que ça, dit-il. Je t'appelle demain soir.

Il partit. Isabel regarda sa voiture s'éloigner.

Alex avait eu l'air déçu… par elle…

Elle rentra chez elle en courant, s'efforçant de retenir ses sanglots.

CHAPITRE X

Michael emmena Maria dans sa chambre.

— Il faut que nous laissions la porte ouverte, dit-il à la jeune fille. La règle numéro quarante-sept du règlement Pascal.

— Eh bien, nous nous contenterons de manger notre flan… Et pas question que nous nous roulions dedans complètement nus !

Michael faillit s'étouffer avec sa première bouchée.

La jeune fille venait d'évoquer une image relevant de la catégorie « interdit aux moins de dix-huit ans ».

Et dire qu'il s'en était bien tiré jusqu'à cet instant…

Il avait été soulagé de la voir arriver vêtue d'une salopette au dîner que les Pascal avaient organisé pour « rencontrer un des amis de Michael ». Avec ce genre de vêtements, aucun risque que ses pensées s'égarent dans la mauvaise direction…

La salopette plaçait Maria dans la catégorie « mignonne ». Mais le T-shirt moulant qu'elle portait dessous la faisait passer dans la catégorie « sexy ».

Maria se laissa tomber sur le lit de Dylan et jeta un regard circulaire sur la chambre.

Michael s'appuya à la commode.

— Je vois que tu n'as pas suivi mes conseils, dit-elle. Il faut que tu aies au moins un objet à toi dans cette pièce. Si tu ne trouves rien, il ne me restera plus qu'à te faire un cadeau… Que dirais-tu d'un raton laveur en porcelaine, en l'honneur des Pascal ?

— J'ai des CD et des livres, protesta Michael. Que veux-tu de plus ?

Maria avait vécu toute sa vie dans la maison où elle était venue au monde. Mais quand on déménageait sans cesse, comme lui, on ne pouvait pas s'encombrer de tout un tas de trucs.

— Ça ne compte pas, insista-t-elle. Demain, j'irai faire du shopping. Et je te trouverai un raton laveur. Si possible avec un petit haut de forme.

— Attends !

Michael ouvrit le tiroir du haut de sa commode.

— Tu vois, j'ai des choses à moi.

Il sortit un morceau de métal, de la taille d'une boîte d'allumettes, et le tendit à la jeune fille.

— Ça vient du vaisseau spatial, du moins, je le crois. Je n'ai jamais entendu parler de cette matière. Essaie de la froisser.

Maria regarda Michael, puis baissa les yeux sur le morceau de métal posé au creux de sa paume. Elle referma la main dessus, hésitant un peu à cause de son aspect. Puis elle le serra très fort pour en faire une boule. Dès qu'elle rouvrit la main, le métal souple se déplia et reprit sa forme initiale.

Il ne restait pas un pli.

— Ouah…, murmura-t-elle.

— Je crois que le vaisseau est toujours quelque part dans les environs, dit Michael. S'il est fait de cette matière-là, il doit être indestructible. J'ai essayé de couper, de brûler cet échantillon… Marteau, scie, fer à souder. Rien n'y a fait.

— Puis-je essayer une chose ? demanda Maria.

Michael éclata de rire.

— Vas-y, Miss Muscles. Je n'étais peut-être pas assez costaud.

— La force n'a rien à voir là-dedans. Je…

Un instant, Maria parut hésiter.

— Ce que je vais te dire va sans doute te sembler… excentrique…

— Toi, excentrique ? Sûrement pas !

— Je suis sérieuse. Je crois savoir comment retrouver le vaisseau de tes parents.

Michael ne douta pas de son sérieux. Comme au sujet de son aromathérapie, de ses extraits de plantes et de tout un tas d'autres choses.

Mais qu'elle connaisse un moyen de…

— Tu ne me crois pas ? demanda la jeune fille. Ecoute, c'est très étrange, mais il y a quelques jours, j'ai réalisé que j'avais un don. Il suffit que je touche un objet pour capter certaines images.

« Je tenais le rouge à lèvres de Liz… et soudain je l'ai vue au centre commercial.

« Je n'ai jamais essayé de retrouver un objet à partir d'un fragment. Mais ça pourrait marcher.

Mais de quoi parlait-elle ? se demandait Michael. Qu'était-il censé répondre ? Il ne voulait surtout pas la blesser. D'évidence, elle croyait dur comme fer aux mots qui franchissaient ses jolies lèvres couleur framboise.

— Je vais faire un essai. Tu es d'accord ?

— Oui, répondit Michael. As-tu besoin d'encens ? Je crois que Mme Pascal a des feuilles de basilic. Nous pourrions en brûler quelques-unes.

S'il commençait à plaisanter un peu, quand l'expérience échouerait, ce ne serait pas trop dur pour Maria.

— Je n'ai besoin que de ça, dit-elle en lui montrant le morceau de métal.

— Oh…, ajouta-t-elle. J'allais oublier… Après avoir eu une vision, je reste paralysée quelques minutes. Alors n'appelle ni les pompiers ni le SAMU. Jette-moi simplement un peu d'eau à la figure. Je crois que ça m'aide à revenir plus vite au présent.

— Gazeuse ou plate ? badina Michael.

Maria ne répondit pas. Elle ferma les yeux et murmura :

— Où est le vaisseau ?

Rien ne se produisit. Maria était assise sur le lit, immobile.

Michael croisa les bras. Que se passait-il ? Voyait-elle vraiment quelque chose ?

C'était impossible, non ?

Les yeux de Maria se rouvrirent brusquement.

— Je l'ai vu ! s'écria-t-elle. Il est…

Elle n'acheva pas sa phrase. Sa mâchoire tomba, ses yeux bleus perdirent tout leur éclat et son visage devint aussi inexpressif qu'un masque.

Michael sentit son estomac se nouer.

Elle a l'air d'un zombie, pensa-t-il. *Elle est assise*

là et elle respire, mais tout ce qui fait Maria *a disparu.*

De l'eau !

Il devait aller en chercher…

Michael courut jusqu'à la salle de bains, prit un gobelet, le remplit, et revint aussi vite qu'il put dans la chambre.

Il aspergea le visage de la jeune fille.

Rien. Qu'était-il censé faire, maintenant ? Peut-être n'y avait-il pas eu assez d'eau dans le gobelet…

Michael était sur le point de partir en chercher un deuxième quand Maria haleta et sursauta. Puis elle tourna la tête vers lui et lui sourit.

Un sourire cent pour cent « Maria ».

Et son regard était brillant.

— Tu vas bien ? demanda Michael.

Il se laissa tomber à côté d'elle sur le lit.

— Oui, parfaitement. J'ai vu le vaisseau !

Elle semblait être exactement pareille que d'habitude. Mais cette histoire de pouvoirs était un peu dure à avaler.

— Dis-moi ce que tu as… hum… vu, demanda Michael.

— Un entrepôt de béton, aussi grand que le centre commercial. Peut-être même plus. Un garde était posté devant… avec une mitraillette en travers de la poitrine.

Michael écouta avec attention.

Maria lui décrivait une scène tirée d'un film de science-fiction stupide à base de conspiration gouvernementale. La jeune fille avait une imagination plutôt foisonnante. Elle croyait avoir vu le vaisseau alors qu'elle se rappelait un extrait de film…

— Quel genre d'uniforme portait le garde ? demanda-t-il.

Il fallait qu'il en sache un peu plus. Peut-être serait-il en mesure d'identifier le « chef-d'œuvre » en question…

Maria fit la grimace.

— Gris et sans insigne. Il avait l'air de s'ennuyer. Dommage, il était plutôt mignon…

Hum… Si le garde avait été un acteur, Maria s'en serait aperçu. Après tout, elle avait peut-être vu quelque chose…

Qui sait ? Peut-être avait-elle des pouvoirs psychiques. Des choses bien plus bizarres se produisaient…

Et si elle avait des pouvoirs, elle voyait peut-être réellement le vaisseau de leurs parents !

— Y avait-il des fenêtres ? As-tu un indice sur l'endroit où est cet entrepôt ?

Maria secoua la tête.

— Non, pas de fenêtre.

Il pourrait être n'importe où, réalisa Michael.

Dissimulé quelque part dans le désert… Dans le District de Columbia, en Afrique du Sud, en Chine… N'importe où…

Maria posa la main sur son épaule.

— Je suppose que ça ne t'a pas beaucoup aidé ?

— Eh bien, si tu l'as vraiment vu, je sais au moins qu'il n'a pas été détruit.

Michael fit de son mieux pour cacher ses doutes et

sa déception. Il ne voulait pas que la jeune fille ait de la peine.

— Mais ça, tu le savais déjà, dit-elle d'une voix douce. Ce matériau est indestructible.

Maria lui tendit le petit morceau de métal.

Michael le fourra dans sa poche. Ce fragment était tout ce qu'il aurait jamais du vaisseau qui avait amené ses parents sur Terre.

— Je ne sais pas pourquoi je continue à le chercher… Ray nous a dit qu'ils étaient tous morts. D'après lui, nous devons considérer la Terre comme notre monde. C'est que… je veux le voir de mes propres yeux, tu comprends ? Toucher ce que mes parents ont touché…

Maria lui prit la main. Le contact de ses doigts doux et tièdes sur sa peau le tira de sa réflexion.

— Si je pouvais me procurer un objet qui appartient au garde ! Grâce à ça, j'en apprendrai tellement plus…

— Comment ? demanda Michael.

— Cet homme n'est sans doute pas tout le temps à son poste ! Si je pouvais le voir en route pour cet entrepôt, j'aurais des repères…

Oui, mais trouver le garde est une tâche aussi hasardeuse que retrouver l'entrepôt lui-même, pensa Michael.

Le type pouvait être n'importe où…

— Mais si tu savais où trouver cet homme, tu n'aurais pas besoin de mon aide, n'est-ce pas ? demanda Maria, faisant écho à ses pensées.

Sa voix trahissait sa déception. Michael remarqua l'air triste et fatigué de la jeune fille. Maria était ainsi. Ce qui arrivait à ses amis ne la laissait jamais indifférente. Elle partageait leurs sentiments. C'était la mesure de l'attachement qu'ils lui inspiraient.

— Il faut que j'y aille, dit-elle. Demande à Dylan comment s'est passée sa soirée. Et je veux des détails ! Les garçons n'y pensent jamais…

Maria ramassa son sac à main… qui n'en était pas vraiment un, mais une vieille boîte à déjeuner en métal avec la photo d'une ancienne Miss America dessus.

Tout ce qu'il y avait de plus « tout public ».

— Des détails. D'accord, répondit Michael.

Il l'escorta jusqu'à la porte d'entrée.

— Nous sommes très heureux d'avoir fait ta connaissance, Maria ! cria M. Pascal dans le salon.

— Moi de même, répondit la jeune fille.

Michael la raccompagna à sa voiture. Puis ils hésitèrent tous les deux.

— Tu es sûre que tu vas bien ? J'ai détesté te voir paralysée.

— Ne t'en fais pas, je vais bien. J'aurais vraiment voulu t'aider.

Elle ouvrit son « sac » et y prit ses clés. Mais elle se contenta de jouer avec.

Maria le tenant dans ses bras pendant qu'ils dansaient au salon… Avait-elle vraiment voulu qu'il l'embrasse, la nuit dernière ? Le voulait-elle maintenant ? Etait-ce pour cela qu'elle ne montait pas dans sa voiture ?

Il devrait peut-être le faire… Oh, rien de sérieux ! Un rapide baiser, histoire de lui souhaiter bonne nuit.

Une sorte de test pour voir si le « sentiment grand frère/petite sœur » revenait au galop.

S'il faisait très attention à la durée du contact entre leurs lèvres, il pourrait même ne pas franchir la frontière et basculer dans la zone « plus que des amis ». Il devait bien exister un « baiser amical », non ?

Michael jeta un coup d'œil autour de lui, s'assurant que personne ne les observait…

Soudain, la voiture de Valenti approcha. Maria poussa un petit cri…

Le shérif les dépassa sans ralentir.

— Ce type est partout à la fois ! s'écria la jeune fille.

— Oui. Il ne veut pas qu'un chien s'oublie sur une bouche d'incendie sans qu'il soit au courant… Je parie qu'il sait où est le vaisseau…

Maria et lui se regardèrent ; la même pensée venait de leur traverser l'esprit.

S'ils s'emparaient d'un objet appartenant à Valenti, Maria l'utiliserait pour l'espionner.

— Michael…

— Oui, il faudra que je rende très vite une petite visite au shérif.

— Que nous lui rendions une petite visite, corrigea Maria.

— Et quand nous lui aurons subtilisé un caleçon, tu verras tout ce qu'il fait… quand il ne passe pas son temps à espionner le monde. A raison de plusieurs « coups d'œil » par jour, nous devrions très vite avoir l'information qui nous intéresse…

— Je refuse de toucher un caleçon de Valenti… Même pour toi ! plaisanta Maria. (Elle redevint sérieuse.) Découvrir quelque chose d'intéressant peut prendre du temps.

— Ne t'inquiète pas. Ce sera bien plus rapide qu'en sondant le désert, comme je l'ai fait jusqu'ici, répondit Michael.

Ses chances de retrouver le vaisseau spatial étaient meilleures que jamais. Grâce à Maria.

Elle monta dans sa voiture et baissa la vitre.

— Demain, je dois rester avec mon frère et mon père, dit-elle. Une affaire de droit de visite. Mais après, nous mettrons notre plan à exécution.

Michael eut envie de se lancer dans une des danses sauvages dont Maria avait le secret. Il allait retrouver le vaisseau de ses parents ! Il le sentait.

Et il rentrerait à la maison !

Mais ce ne serait pas vraiment une « maison » puisqu'aucune famille ne l'y attendait.

Maria klaxonna. Michael lui fit au revoir de la main.

Max et Isabel accepteront peut-être de rentrer avec moi, pensa-t-il.

Imaginer Max et Isabel à ses côtés rendait l'aventure infiniment plus tentante.

Max n'accepterait jamais de quitter la Terre. Pas tant que Liz y serait. Et Isabel avait décidé de vivre en « fille humaine normale », quoi que ça puisse vouloir dire…

S'il arrivait à faire fonctionner le vaisseau, il laisserait Maria, Liz et Alex derrière lui. Mais les trois humains étaient presque aussi proches de lui que Max ou Isabel…

Et les perdre…

Michael ne voulait pas imaginer le vide qu'ils laisseraient en lui.

La rue était déserte. La voiture de Maria avait disparu.

Il faisait plus froid dehors qu'il ne s'y était attendu.

Peut-être aurait-il dû embrasser Maria. Ainsi, il aurait eu quelque chose pour lui tenir chaud.

CHAPITRE XI

— Par exemple, un nématode peut sécher et devenir craquant, dit Mlle Hardy. Mais il suffit qu'on le remette dans l'eau et il revient à la vie.

M. Nématode... Voilà un nom qui m'irait comme un gant, pensa Max.

Lorsque Liz n'était pas là, il se sentait devenir sec, presque mort. Quand la jeune fille réapparaissait... il revenait instantanément à la vie.

— Voilà comment ça fonctionne. Quand le nématode sèche, ses cellules fabriquent un composé spécial...

Max essaya d'écouter le professeur, mais il ne parvint pas à se concentrer. Son regard revenait sans cesse sur Liz. La tête baissée sur son cahier, elle prenait des notes, ses longs cheveux bruns faisant comme un rideau pour la dissimuler à sa vue.

Son aura trahissait son état d'esprit plus sûrement que ses traits. Les éclairs rouges qui laissaient deviner sa fureur, la veille, avaient presque disparu. Ce qui les remplaçait était pire... Le gris-vert huileux d'une profonde tristesse !

Liz était malheureuse. Et c'était sa faute.

Depuis qu'il lui avait confié son secret, il avait mis sa vie en pièces. Il avait commencé par attirer l'attention de Valenti sur elle, ce qui était déjà terrible. Puis il avait joué avec ses sentiments – un jour il l'embrassait, le lendemain il lui parlait d'amitié. Après, il l'embrassait de nouveau, avant de lui répéter qu'ils devaient être de simples amis…

S'il avait passé des mois à mettre une stratégie au point pour lui faire le plus de mal possible, il n'aurait pas pu mieux s'y prendre…

Il aurait dû la laisser tranquille. Même s'il avait la sensation qu'il se desséchait loin d'elle. Non, il avait fallu qu'il la suive, comme un… psychopathe !

Il devait admettre qu'une partie de lui – égoïste et ignoble – aimait que l'attention de la jeune fille fût ainsi détournée des autres garçons, même par un procédé aussi tordu. Mais il se reprendrait et ferait la seule chose qu'il savait juste. Et si cela le transformait en un tas de poussière grise, eh bien, tant pis ! Il l'avait mérité.

Il se força à redevenir attentif au cours.

— Vous répondrez aux questions de la page quarante-deux pour mercredi, dit Mlle Hardy.

La cloche sonna.

Liz mit son cahier dans son sac à dos et partit en vitesse. D'évidence, elle n'avait pas envie de passer plus de temps qu'il n'était nécessaire en compagnie de Max. D'ailleurs, elle n'était pas venue déjeuner avec ses amis, aujourd'hui.

Il ramassa ses affaires et s'élança derrière elle.

— Attends, Liz ! appela-t-il alors qu'il déboulait dans le couloir.

Il se rendit compte une seconde trop tard qu'elle parlait avec Jerry.

Oh, génial…

Pourquoi fallait-il qu'il se conduise toujours comme le dernier des crétins ?

Liz se retourna et avança vers lui. Ses yeux sombres lançaient des éclairs.

— J'espère que tu m'as appelée pour m'annoncer que tu déménages dans un autre Etat ! fit-elle d'un ton cassant. Sinon, je te plante là.

— Ecoute-moi… J'en ai pour une seconde. Je suis désolé pour vendredi dernier.

— Je n'ai pas du tout envie… d'entendre tes excuses. Si tu es sincère, fiche-moi la paix !

— Je te laisserai tranquille. C'est promis. C'est justement de ça que je voulais te parler.

Le jeune homme hésita. Malgré ce qu'il lui en coûtait, il se conduirait en ami et aiderait Liz à rebâtir sa vie.

— Et… je voulais te dire que je connais un peu Jerry. C'est un type bien. Tous les deux, vous serez un couple sensationnel.

— Merci beaucoup de ta bénédiction ! Tu vois, ça m'ennuierait de sortir avec un garçon que tu désapprouverais…

Max pouvait à peine l'entendre. Il ne voyait que les taches noires – symptôme de douleur – dans l'aura de Liz.

Il venait encore de la blesser. Plus cruellement qu'avant.

Isabel essaya de se rappeler quel était le dernier cours d'Alex. Si elle se dépêchait, elle le retrouverait à la sortie. A moins que…

Oui, elle avait intérêt à l'attendre sur le parking, à côté de sa voiture.

Nous pourrions utiliser le bon pour une partie gratuite que j'ai gagné au golf miniature. Je lui demanderai de m'excuser pour l'avoir traité de « cas social ». Après le golf, nous irons au Crashdown *et…*

Arrête ça !

Elle ne continuerait pas à se servir d'Alex pour bâtir un mur entre elle et ses souvenirs. Histoire de se sentir en sécurité et de se prendre pour une fille humaine normale.

Alex méritait mieux que cela. Et elle aussi. Etait-elle une assistée pour avoir besoin qu'on prenne soin d'elle ?

Non. Et elle allait se le prouver… Dès maintenant. Elle irait au centre commercial où Nikolas était mort, et en finirait avec tout ça.

La jeune fille sortit du lycée. Elle était si déterminée qu'elle ne vit pas Liz et Maria.

Celle-ci lui attrapa le bras.

— Isabel ! Comment vas-tu ?

— Très bien.

Il lui suffit de croiser le regard de Maria pour constater que son amie ne croyait pas à ce mensonge.

— Bon, ça ne va pas si fort que ça, soupira-t-elle. Je pense toujours à Nikolas. Tout le temps. Je… j'avais l'intention d'aller au centre commercial. Pour revoir les endroits où nous étions ensemble. Ça pourrait m'aider à tourner la page…

— Nous t'accompagnons, proposa aussitôt Liz.

— Tu ne peux pas y aller seule ! renchérit Maria. Allez, venez, le bus arrive !

Elle prit Isabel par la main. Liz sur leurs talons, elles coururent vers l'arrêt de bus.

Maria monta la première, suivie de ses amies.

Isabel ne s'attendait pas à ce que Maria et Liz compatissent à sa douleur. Toutes deux avaient détesté Nikolas.

— Merci de m'accompagner, dit-elle. Je sais que vous n'avez pas que de bons souvenirs de cette soirée-là…

La nuit où Nikolas était mort, Isabel était trop choquée pour s'apercevoir de la présence de Liz et de Maria. Elle se souvenait uniquement de son frère Max.

Mais les deux jeunes filles étaient là, essayant de les retrouver avant que Valenti ne leur mette la main dessus.

— Oui, fit Liz, cette soirée n'a été amusante pour personne.

— Je ne me suis pas encore excusée, dit Isabel. Pour ce qui t'est arrivé cette nuit-là et… avant.

Nikolas avait traité Liz et Maria avec le plus profond mépris. Il avait même neutralisé Liz pour prouver que c'était sans danger. Isabel avait réagi comme si c'était normal. Elle avait défendu son copain bec et ongles, prétextant qu'il n'avait rien fait de mal.

— C'est vrai, tu ne lui as jamais dit que tu étais navrée, confirma Maria.

— Mais il n'est pas trop tard, ajouta Liz. La date limite n'est pas dépassée.

Isabel sentit des larmes lui brouiller la vue. Elles lui pardonnaient !

— Je suis désolée... Je n'aurais pas dû laisser Nikolas vous traiter de cette manière ! Ni négliger vos mises en garde...

— Eh bien, tu étais amoureuse, dit Liz.

— Oui, c'est la seule explication, dit Maria. Tu n'es pas la première à faire des choses stupides par amour.

Isabel réussit à leur sourire.

— Vous êtes tellement gentilles...

Sa voix se brisa.

— Qu'est-ce que tu imaginais ? demanda Liz. Que nous ne serions plus tes amies parce que tu as fait une erreur ?

— A vrai dire, ça m'a traversé l'esprit !

— Tu es dingue ! lança Maria. C'est peut-être le genre de choses qui arrivent entre des connaissances, mais nous sommes plus que ça ! Pense à la connexion que Max a établie entre nous. Nous sommes plus que de simples amis. C'est comme si nous étions devenues trois sœurs – de cœur.

— Oui, fit Liz, c'est ça !

Sœurs de cœur.

Isabel aimait beaucoup la sonorité de ces mots, qui sonnaient presque comme « âmes sœurs ».

— Nous sommes arrivées, dit Liz.

L'estomac d'Isabel se noua.

— Je veux d'abord aller chez Macy, dit-elle.

— Tu es sûre ? demanda Maria.

Isabel hocha la tête.

Elle avait décidé de commencer par les lieux où

Valenti avait abattu Nikolas. A ses yeux, c'était le mieux. Ensuite, elle referait le parcours en sens inverse… Peut-être se remémorerait-elle les bons moments qu'ils avaient passés ensemble.

Dès qu'elles furent dans le magasin, Isabel se dirigea vers le rayon des tenues de soirée.

— Si vous n'y voyez pas d'inconvénient, j'aimerais être seule.

— Maria et moi allons t'attendre près de la cabine téléphonique, dit Liz. De toute façon, il faut que j'appelle ma mère. Prends ton temps.

— Oui, ajouta Maria, mais si tu n'es pas là dans un quart d'heure, nous revenons te chercher !

— Merci.

Isabel partit sans hésiter vers les cabines d'essayage. Elle se glissa derrière le rideau rouge et se plaça où elle était lorsque Valenti avait assassiné Nikolas.

Lorsqu'elle se sentit prête, elle leva les yeux.

A l'endroit où était tombé le jeune homme, la moquette était plus foncée que dans le reste du magasin. Le carré taché de sang avait été remplacé par un neuf…

L'odeur de poudre devint si forte qu'elle lui piqua la gorge.

Tout ça, c'est dans ta tête, se rappela-t-elle. *Tu imagines sentir une odeur de poudre, c'est tout.*

Isabel commença à écailler le vernis de l'ongle de son pouce. Dès qu'elle s'en aperçut, elle croisa les doigts.

Elle n'allait pas recommencer ! Elle regarderait le lieu où l'aura de Nikolas s'était éteinte…

La jeune fille laissa le film de sa mort se dérouler dans sa tête.

Elle revit Nikolas s'effondrer et sentit l'odeur de poudre.

Encore et encore…

— Puis-je vous aider ? demanda une voix froide dans son dos.

Une des vendeuses la regardait avec curiosité.

— Je suis… juste à la recherche d'un ami.

Elle jeta un dernier regard au carré de moquette.

Aucun film ne passait plus dans sa tête. La seule odeur qu'elle sentit fut celle de poussière qui collait au rideau en tissu.

— Je crois qu'il n'est pas là, ajouta-t-elle doucement.

J'ai réussi, pensa-t-elle. *J'ai pu retourner à l'endroit où Nikolas est mort et j'ai survécu…*

Elle écarta le rideau et se hâta de rejoindre ses amies.

— Il faut que j'aille dans d'autres magasins, leur dit-elle. Commençons par la bijouterie.

Une des dernières boutiques qu'elle avait visitées en compagnie de Nikolas… Voilà pourquoi elle voulait s'y rendre. Elle désirait garder d'autres souvenirs de cette soirée que son dénouement tragique.

Maintenant, elle s'en sentait capable.

— Vas-y, nous te suivons, dit Maria.

Isabel sortit du magasin.

Dès qu'elle eut passé les portes, une odeur de cookies chauds au chocolat l'assaillit. Ça venait d'un vendeur ambulant.

Elle sourit. Oubliée, la poudre qui la hantait depuis des jours ! Elle inspira profondément.

Liz, Maria et elle prirent l'allée centrale, en direction de la bijouterie. Elles entrèrent et se promenèrent entre les vitrines.

Liz et Maria n'essayèrent pas de la faire parler, se contentant de lui tenir compagnie.

La dernière fois qu'elle était venue, Nikolas et elles avaient la boutique entière pour eux.

A ce moment-là, elle était loin d'imaginer que Valenti les retrouverait. Comment aurait-elle pu savoir qu'il restait à son bien-aimé quelques heures à vivre ?

— Continuons, dit Isabel.

— Nous sommes avec toi, assura Liz.

Isabel les emmena au premier étage et marcha d'un pas décidé vers le drugstore. Au fond du magasin, l'attendait la vieille cabine de photomaton.

Elle resta plantée devant un long moment. Liz et Maria ne lui posèrent aucune question, se contentant de rester à ses côtés…

C'était là que Nikolas et Isabel s'étaient embrassés pour la dernière fois… Un baiser fabuleux – sauvage et passionné, à l'image du jeune homme.

Isabel aurait souhaité pouvoir oublier tout ce qui s'était passé après.

Tout avait basculé, leur merveilleuse soirée tournant au cauchemar…

— Nikolas et moi étions dans la cabine quand nous avons entendu approcher un des… gardes de la sécurité, bredouilla-t-elle.

Elle avait besoin d'en parler.

— Nikolas m'a dit de neutraliser le garde… Si je

ne le faisais pas, il nous laisserait prendre tous les deux.

Les yeux rivés sur la cabine du photomaton, la jeune fille serra ses bras autour de sa taille. Elle voulait raconter à Liz et à Maria ce qui était arrivé, mais ne pouvait croiser leur regard.

— Je n'étais pas d'accord. Mais j'ai eu peur. Nikolas aurait laissé le type nous découvrir. Alors j'ai bondi hors de la cabine et… J'ai blessé l'homme. Je l'ai senti…

— Michael, Alex et moi l'avons trouvé, dit Maria. Michael s'est assuré qu'il n'avait rien de grave. Il était toujours inconscient, mais il allait bien.

— Mais ce n'est pas le pire, avoua Isabel.

Liz et Maria se considéreraient-elles toujours comme ses sœurs de cœur, quand elle leur aurait raconté la suite ?

— Après, j'ai dit à Nikolas qu'agresser cet homme avait été une expérience formidable. Je voulais qu'il croie que je m'éclatais comme une folle ! Il aimait être en ma compagnie seulement quand je m'amusais vraiment. Sinon, je ne l'intéressais pas…

— Oh, Isabel ! murmura Maria. C'est terrible. Enfin, je veux dire… pour toi. Tu étais amoureuse de lui et il te traitait comme si…

Il me traitait d'une façon innommable. Tout le contraire d'Alex.

Elle essaya de se rappeler quand elle avait vu Alex s'amuser pour la dernière fois avec elle. Le soir où ils avaient fait un golf miniature ensemble… Le lendemain, Isabel avait rencontré Nikolas. Après, lui,

Max, Michael, Liz ou Maria n'avaient pas eu l'occasion de s'amuser en sa compagnie.

Pourtant, aucun ne l'avait rejetée. Et Alex... Il s'était comporté comme un vrai saint-bernard, l'enveloppant de chaleur, et la protégeant de ses angoisses.

Nikolas ne serait jamais resté devant la porte de sa chambre pour lui raconter les histoires stupides qui lui passaient par la tête, jusqu'à en avoir une extinction de voix. Et si elle avait osé pleurer devant lui, il lui aurait dit de l'appeler quand elle aurait grandi un peu et l'aurait plantée là...

— Je vais y entrer une minute.

La jeune fille se glissa dans la cabine de photomaton et s'assit sur le tabouret, prenant soin de refermer le rideau.

Elle avait beaucoup pensé à Nikolas, ces derniers temps. Mais seulement à sa mort. Il n'avait pas mérité ça – non, personne ne le méritait.

Mais serait-elle encore avec lui s'il était en vie ? Toujours obligée de faire des pirouettes pour lui prouver à quel point elle savait s'amuser ? Ou qu'elle n'était pas une perdante ? Lui donnerait-il encore des baisers fougueux ?

Ah, ces baisers ! Elle ne voulait surtout pas les oublier..

Ça ne signifiait pas qu'Alex la laissait indifférente. C'était même tout le contraire. Elle se souvenait du bal de la rentrée, quand il avait laissé courir ses doigts sur la peau dénudée de son dos, suivant les contours de son décolleté.

Isabel sortit des pièces de monnaie de son sac. Un

garçon aussi gentil qu'Alex méritait un petit cadeau. Et aucun ne lui ferait plus plaisir que des photos d'elle, n'est-ce pas ?

Isabel glissa la pièce dans la fente et appuya sur le bouton.

Je penserai à Alex sur chacune de ces photos, se promit-elle. *A lui et à personne d'autre…*

CHAPITRE XII

Maria entendit un coup à la vitre de sa chambre. Ce devait être Michael.

Ses autres amis utilisaient la porte d'entrée.

Elle alla ouvrir.

— Je n'ai pas le temps d'entrer, dit Michael. Il faut que j'aille bosser et je vais être en retard. Mais je voulais te donner ça dès ce soir.

Il lui tendit un stylo bille.

Maria le regarda sans comprendre.

— Euh… merci… Je dois avouer que je n'ai jamais rêvé d'un stylo avec une pin-up qui perd son maillot de bain quand on le retourne, mais… merci quand même.

Elle joua avec le stylo, observant le mini bikini tomber, puis remonter, puis retomber encore…

Michael éclata de rire.

— Vraiment ? Moi, j'adorerais ça ! (Il redevint sérieux.) C'est à Valenti. Je l'ai pris dans son bureau pendant qu'il était absent.

Maria eut l'impression de sentir des glaçons se former dans ses veines.

— Tu avais promis que tu n'irais pas tout seul ! Imagine s'il t'avait pris en flagrant délit ?

— Ça n'est pas arrivé !

— Non, mais ça aurait pu !

Elle se fichait que Michael n'ait pas envie d'entendre ses remontrances…

— Au moins, tu aurais pu y aller avec Max ou Alex.

— Ça m'a paru moins risqué d'être seul.

Pourquoi était-elle surprise qu'il ait décidé de remplir cette mission seul ? C'était du Michael tout craché !

— Laisse-moi essayer une fois avant que tu repartes, d'accord ? Ça prendra un instant…

— Bon, mais attends, je vais chercher de l'eau.

Il se hissa par la fenêtre.

— J'ai une bouteille, dit la jeune fille, désignant sa commode. (Puis elle serra le stylo à bille.) Où est Valenti ?

Les points colorés tourbillonnèrent et se rassemblèrent…

Elle se retrouva debout dans une cuisine en désordre… avec Valenti et son fils, Kyle. Ils ne pouvaient pas la voir, mais être aussi près du shérif lui flanquait la trouille…

— C'est quoi ton problème, Kyle ? demanda Valenti. La vaisselle sale est trop lourde pour que tu la mettes dans le lave-vaisselle ou quoi ? A moins que les boutons qui clignotent sur l'appareil te laissent perplexe ?

Les taches recommencèrent à tournoyer… Maria fut de retour dans sa chambre, et la paralysie la saisit.

Depuis le soir où elle avait failli mourir noyée, elle n'avait plus d'absence. Elle ne pouvait plus remuer un cil, mais elle était consciente de tout ce qui se passait autour d'elle.

Elle aurait préféré être inconsciente…

Michael prit la bouteille, sur la commode et appuya dessus. Quand le liquide lui gicla au visage, elle ne put pas cligner des paupières. C'était horrible… Mais efficace, car l'eau rompit le sortilège et la libéra.

Elle s'essuya les yeux d'un revers de manche.

— Je n'ai rien vu qui puisse nous aider. Valenti était en train de passer un savon à son fils…

Les « visions » étaient très courtes, quelques secondes au plus. Mais cette fois, elle en avait vu plus qu'elle ne l'aurait voulu. Kyle était un crétin fini, pourtant elle ne pouvait s'empêcher de se sentir désolée pour lui. Enfin, un peu. Les remarques de son père étaient très méchantes.

— J'aurais bien aimé voir ça ! fit Michael.

Il s'assit sur le rebord de la fenêtre…

— Il faut que j'y aille, maintenant. Demain, nous soldons toutes les marionnettes d'extraterrestres boxeurs. Je dois les ré-étiqueter…

— Je vais continuer à espionner Valenti.

— Non ! cria Michael. S'il te plaît, Maria, pas quand tu es seule. Attends mon retour ! Tes paralysies me donnent la chair de poule.

Maria sourit. Qu'il la considère ou non comme une petite sœur, il était clair que Michael tenait vraiment à elle.

— Je vais bien. Si tu stresses comme ça, il faudra que je te fasse prendre mes vitamines.

— D'accord, tu as gagné, Maria... Merci !

Michael se pencha, la saisit par la taille et la tira vers lui pour lui donner un rapide baiser.

Etonnée, elle le regarda traverser le jardin et escalader le portail.

Maria porta la main à ses lèvres. Ce n'était pas exactement le premier baiser dont elle avait rêvé... Mais c'était un début.

Oui, un début !

La jeune fille se rassit à son bureau. Elle avait une folle envie de réutiliser le stylo pour voir ce que faisait Valenti. Qui sait ? Il en avait peut-être fini avec Kyle...

Fais d'abord tes devoirs.

Vérifier trop souvent l'emploi du temps de Valenti ne servirait à rien. Il fallait qu'elle lui laisse le temps de faire quelque chose entre chaque essai.

Maria fit ses problèmes de géométrie et étudia le cours de sociologie. Ensuite, impossible d'attendre plus longtemps. Elle voulait tellement obtenir l'information que désirait Michael !

Il l'embrasserait peut-être de nouveau si elle lui apportait la réponse à LA question qu'il se posait depuis toujours. Et il aurait même envie de lui donner un vrai baiser, un qui dure plus d'une demi-seconde...

Elle prit le stylo de Valenti.

— Où est-il ? demanda-t-elle tout haut.

Les taches de couleur tournoyèrent et se rassemblèrent...

Maria était assise à l'arrière de la voiture du shérif. Il roulait sur la nationale, dans le désert. La jeune fille chercha un panneau indicateur… En vain.

L'instant suivant, les points se reformèrent et sa vision s'évanouit.

Le rocher… Rappelle-toi ce drôle de rocher.

Quand la paralysie la quitta, elle arracha une feuille blanche à son cahier et s'empressa de rédiger une description détaillée du rocher qu'elle avait vu. Il ressemblait un peu à un poulet.

Evidemment, elle ne savait pas où Valenti allait. Rien ne lui garantissait qu'il se rendait à l'entrepôt. Il pouvait faire une simple patrouille dans le désert.

Maria termina sa lecture, puis sentit qu'elle ne pourrait pas disserter sur *Jules César*. Pourtant, elle devait être prête pour la semaine suivante…

Tant pis ! Elle était beaucoup trop énervée… Alors à quoi bon ?

La jeune fille mit son CD préféré et commença à danser.

— Je vais retrouver le vaisseau de Michael ! cria-t-elle.

Pour une fois, sa mère était à la maison. Son frère aussi. Mais elle savait que ni l'un ni l'autre ne l'entendraient avec cette musique… Elle sauta sur son lit.

— Et il m'embrassera de nouveau ! Il tombera éperdument amoureux de moi !

Maria éclata de rire.

Elle se conduisait comme une idiote… et elle s'en moquait ! Elle continua de danser et de s'époumoner jusqu'à la fin du CD. Alors elle éteignit le lecteur.

Elle avait attendu assez longtemps… Il était l'heure de retourner voir le shérif.

Elle saisit le stylo posé sur son bureau.

Le sol se transforma en points multicolores.

Elle se retrouva dans un tunnel en béton. Valenti avançait d'un pas décidé. Le bruit de ses bottes se répercutait sur les parois du boyau.

La scène s'évanouit et les taches recommencèrent à tournoyer.

— Non ! s'exclama-t-elle.

Elle ne voulait pas s'en aller. C'était trop important !

— Où est Valenti ? cria-t-elle.

Les points tourbillonnèrent… Un couloir éclairé…

Le shérif sortit son portefeuille et montra une carte plastifiée au garde. L'homme était vêtu d'un uniforme gris, sans insigne… Comme celui qu'elle avait vu dans l'entrepôt, à côté du vaisseau spatial.

Elle était tout près du but.

Valenti, le garde et le couloir s'évanouirent, remplacés par les taches de couleur.

Maria laissa faire et revint dans sa chambre.

Quand la paralysie cessa, elle décida de marquer une pause. Elle devait se reposer. Juste un instant. Une douleur sourde pulsait, sous son crâne. Elle se préparait un mal de tête mémorable !

Mais ça n'avait pas d'importance. Pas alors qu'elle était sur le point de découvrir l'information clé…

Elle prit la feuille de papier avec la description du rocher en forme de poulet. Il fallait ajouter quelques notes rapides sur le tunnel et sur le couloir, puis elle retournerait espionner Valenti.

Une tache rouge et brillante tomba sur le papier. Puis une autre.

Du sang !

Elle saignait du nez.

Maria inclina la tête en arrière. C'était étrange. Elle n'avait pas saigné du nez depuis l'âge de trois ans.

Elle n'avait pas de temps à perdre avec ça... Elle devait retourner voir Valenti. Maria tendit la main vers sa commode, arracha quelques mouchoirs en papier de leur boîte, et boucha ses narines.

Ça devrait arrêter le saignement.

Sinon, elle s'en occuperait plus tard.

La jeune fille referma les doigts autour du stylo de Valenti et appuya sa main libre sur sa poitrine.

Elle sentait l'anneau sous sa paume.

— Où est Valenti ? demanda-t-elle.

Alex souleva un autre carton poussiéreux qu'il laissa tomber sur la pile.

Il avait eu l'idée de transporter toutes les caisses d'un côté du grenier pour nettoyer la première moitié. Ensuite, il lui suffirait de les rapporter du côté propre pour passer à l'autre...

Alors, crétin ? Es-tu décidé à laisser tomber et à donner satisfaction à ton père au sujet de son maudit programme ? se demanda-t-il.

Tant qu'il s'entêterait à refuser de coopérer, le major ne le laisserait pas tranquille une seconde.

Alex prit le balai... Il se demanda quelle corvée son père lui réservait le lendemain.

Il avait déjà nettoyé le garage, la cave et il était sur

le point de finir le grenier. Sans oublier le jardin. Le major allait-il l'obliger à récurer le sol de la salle de bains avec une brosse à dents ?

Son père n'était pas à court d'idées…

Ça craint vraiment d'être le seul enfant qui reste à la maison !

Avant que ses frères aînés s'engagent dans l'armée, ils s'étaient arrangés pour faire leur part de bêtises et partager les corvées de nettoyage.

Je pourrais faire une pause et appeler Isabel pour savoir comment elle va, songea-t-il.

Il ouvrit la fenêtre, inspirant l'air frais à pleins poumons.

Oh, tu es un ami si dévoué, souffla une petite voix moqueuse. *Tu veux parler à Isabel parce que tu es très inquiet pour elle, bien sûr ! Rien à voir avec le fait que tu as la tremblote dès que tu restes éloigné d'elle trop longtemps…*

Alex entendit un bruit de pas dans l'escalier. Il s'empressa d'empoigner la pelle et la balayette. C'était probablement son père, qui venait vérifier qu'il ne lambinait pas.

Il se pencha pour ramasser son tas de poussière.

— Salut ! dit une voix douce dans son dos.

Il jeta un coup d'œil par-dessus son épaule : Isabel se tenait debout devant lui, un bouquet de fleurs à la main. Comme d'habitude, son cœur s'emballa, comme s'il voulait s'échapper de sa cage thoracique.

— Ne t'arrête pas pour moi. Je vais rester ici à admirer la vue en attendant que tu finisses.

La vue ?

Alex laissa tomber la pelle et la balayette.

En général, il était pour l'égalité des sexes. Chacun devait saisir les perches qui lui étaient offertes !

Mais Isabel avait le regard rivé sur ses fesses… et lui faisait un compliment. Et ça, il avait du mal à le prendre avec philosophie.

— Je peux finir plus tard, marmonna-t-il.

Il sentit le rouge lui monter aux joues.

Dieu, fais que je ne sois pas en train de rougir… !

— Je t'ai apporté des fleurs pour m'excuser, dit Isabel.

Elle lui fourra le bouquet entre les mains.

— Puisque c'est la deuxième fois en une semaine que je te dois des excuses, tu mérites bien la version de luxe.

— Euh… merci. Si c'est pour m'avoir balancé que je suis un garçon avec qui on sort par charité, tu n'as pas à t'en faire. Je sais que tu ne le pensais pas.

Il posa les fleurs sur le sol.

— Je devrais te présenter mes excuses pour ça aussi !

Oh, non ! Elle est venue me dire qu'elle est désolée d'avoir éclaté en sanglots quand je l'embrassais…

C'était affreux.

Ne pouvaient-ils pas se contenter de faire comme si rien ne s'était produit ? Pourquoi les filles devaient-elles toujours couper les cheveux en quatre ?

— Je regrette de m'être servie de toi pour m'aider à traverser… les mauvais moments, dit la jeune fille. J'ai vampirisé ton temps libre parce que j'avais peur d'être seule.

— Tu ne t'es pas servie de moi, voyons ! Nous sommes amis.

— Mais il y a eu… tu sais… avoir pensé à Nikolas quand c'était toi que j'embrassais, et t'avoir inondé de larmes.

N'était-il pas suffisant que ça se soit produit ? Il n'avait pas envie du tout d'une analyse détaillée.

— Oublie ça !

— Je ne peux pas ! Aujourd'hui, après les cours, je suis allée au centre commercial. Je voulais revoir l'endroit où Nikolas est mort pour me prouver que je le pouvais.

Isabel prit une profonde inspiration.

— C'était horrible, mais j'y suis arrivée.

— Il fallait beaucoup de courage.

— Peut-être. Après, j'ai continué. J'ai voulu refaire notre périple. Je suis retournée dans certaines boutiques où Nikolas et moi étions allés juste avant que…

Alex hocha la tête.

Ce devait être ça, l'enfer. Ecouter Isabel lui raconter ses souvenirs de Nikolas…

Il avait dit à la jeune fille qu'il serait toujours là pour elle. Et il était sincère. Mais ne pouvait-elle se confier à Liz et à Maria ?

— Je me suis mise à penser à lui. Et à toi. Soudain, je me suis aperçue que s'il était toujours en vie et que j'avais le choix entre vous deux, eh bien… c'est toi que je choisirai.

Oui, bien sûr…

Elle le croyait, maintenant que Nikolas était mort. Quand le choix existait, elle avait tourné le dos à Alex sans un regard pour lui.

— Isabel, je… Merci d'être venue me dire ça.

Mais je ne crois pas… Il vaudrait mieux que nous nous contentions d'être amis. Et rien de plus.

— Bien, répondit Isabel, je comprends. Je te donne juste une chose et je m'en vais.

Elle tira une planche de photographies de son sac et la tendit à Alex.

Les clichés avaient été pris dans la même cabine que ceux qu'il avait trouvés le fameux soir. Alex reconnut le fond bleu décoloré.

Au moins, Nikolas n'est pas sur ceux-là…, se dit-il.

Isabel se pencha pour désigner la première photographie.

— Sur celle-là, je pensais à l'aide précieuse que tu nous as apportée pour lancer Valenti sur une fausse piste et détourner ses soupçons de Max. C'était juste après que tu as découvert la vérité sur nos origines.

Elle montra la deuxième.

— Et là, je pensais au son de ta voix, quand tu me racontais des histoires, assis devant la porte de ma chambre… Moi, j'étais de l'autre côté, tout près de toi, et je t'écoutais attentivement.

Elle laissa glisser son index sur la photographie suivante.

— Là, je pensais à la façon dont tu m'as caressée, le soir du bal de la rentrée. Tu t'en souviens ?

Alex eut soudain du mal à respirer. Oui, il s'en souvenait… Comment aurait-il pu oublier ?

— Et enfin là, je me disais que j'avais très envie que tu m'embrasses de nouveau.

Elle pense peut-être vraiment ce qu'elle dit, après

tout, songea-t-il. *Elle m'aurait peut-être réellement choisi.*

Il se pencha vers elle et l'embrassa, ses lèvres effleurant celles de la jeune fille.

Isabel garda les yeux ouverts, en le regardant tout le temps.

CHAPITRE XIII

Maria aurait juré qu'on lui donnait des coups de pic à glace… derrière les yeux. Et elle n'arrivait pas à arrêter le saignement de nez. Mais il fallait qu'elle tienne le coup encore un moment.

Valenti était dans l'entrepôt du vaisseau spatial ! Elle devait absolument le voir au moment où il en sortirait. Alors, elle pourrait peut-être indiquer l'emplacement exact à Michael. N'était-ce pas ce qu'il désirait le plus au monde ?

— Où est Valenti ? demanda-t-elle, serrant le stylo à deux mains.

Les points tourbillonnèrent… Elle eut l'impression que sa tête allait exploser.

Quand ils se rassemblèrent, elle était de nouveau dans l'entrepôt. Valenti n'en avait pas bougé… Quelques secondes après, la scène s'évanouit et les taches colorées reprirent leur danse folle.

Maria n'essaya pas de retourner dans l'entrepôt. Elle y jetterait un coup d'œil dans quelques minutes. Il fallait qu'elle se repose.

Les points se réunirent pour former les contours sa chambre à coucher. Maria inspira profondément…

Le sang avait imbibé les morceaux de mouchoir qu'elle avait dans les narines. Elle tendit la main pour en prendre de nouveaux sur la commode... et la paralysie la gagna. Elle retomba sur le sol, sans pouvoir se retenir.

Pas de panique. Tout ce que tu as à faire, c'est attendre que ça passe. Il ne peut rien t'arriver de mal quand tu es étendue sur le sol de ta chambre...

Elle sentait le sang couler de son nez et ruisseler sur sa joue. Cette sensation la rendait dingue. Elle avait une folle envie de l'essuyer. Mais elle ne pouvait pas bouger le petit doigt.

Je serai bientôt libre, pensa-t-elle.

Ses yeux commençaient à être secs parce qu'elle ne pouvait pas cligner des paupières.

Encore un petit instant, se répéta-t-elle.

Sa peau la démangeait. Et elle était très chaude. S'était-elle fait mal en tombant ?

La chaleur l'enveloppait comme une couverture. Et la température montait de plus en plus.

Michael ignorait comment il réussirait à dormir deux heures cette nuit. Il devait vivre dans la maison la plus bruyante des Etats-Unis... Dylan ronflait dans le lit voisin. Amanda étant malade, M. Pascal n'arrêtait pas de l'emmener dans la salle de bains...

Il roula sur le côté.

Je vais devenir dingue.

Par bonheur, Sarah n'avait pas commencé sa sérénade nocturne. C'était déjà ça...

La petite devait être télépathe, car elle se mit soudain à pleurer. Michael entendit Mme Pascal se précipiter vers sa chambre.

Oh, Dieu ! Elle allait bientôt chanter…

Je ne resterai pas une minute de plus dans cette maison de fous ! Avec tout ce qui s'y passe, les Pascal ne s'apercevront pas de mon absence. Et sinon, je m'occuperai d'eux – et de Cuddihy – demain.

Michael sortit de son lit, se dirigea à pas de loup jusqu'à la fenêtre, l'ouvrit et se glissa dehors.

Il ne se demanda pas où il trouverait refuge pour la nuit. Sans hésiter, il prit le chemin de chez Maria. Il voulait savoir si elle avait obtenu des informations…

J'en profiterai peut-être pour l'embrasser une deuxième fois…

Le « baiser rapide » n'avait éveillé en lui aucun sentiment fraternel… Au contraire. Il était prêt à passer à quelque chose de plus sérieux.

Michael courut à petites foulées. Il aimait être dehors à cette heure tardive. Ça lui donnait le sentiment de posséder la ville entière… Il accéléra jusqu'à ce qu'il ait le sentiment de voler.

Le jeune homme déboula dans la rue où habitait Maria. Il était plus de minuit, mais elle ne lui reprocherait pas une visite nocturne.

Jusque-là, elle ne s'était jamais plainte !

La voiture de Mme DeLuca étant garée dans l'allée, il essaya d'être plus silencieux que d'ordinaire en escaladant la clôture. Puis il contourna la maison jusqu'à atteindre la fenêtre de Maria.

Elle était ouverte.

Il grimpa, se hissa à l'intérieur… Et la vit, allongée sur le sol.

Il se précipita. Les yeux bleus de Maria fixaient le vide. Elle avait saigné du nez. De petits points rouges constellaient sa peau – son visage, son cou, ses bras, ses mains.

— Maria !

Il la prit par les épaules et la secoua.

— Dis quelque chose… !

Elle ne laissa pas échapper un son.

Michael saisit la bouteille, sur la commode, et aspergea le visage de la jeune fille.

Bouge, s'il te plaît !

Ses attentes furent vaines. Il ne s'agissait plus d'une simple paralysie. Elle n'avait jamais saigné du nez avant. Et ces taches rouges…

Qu'était-il arrivé ?

Michael plaqua son oreille sur la poitrine de la jeune fille et se sentit mieux quand il entendit les battements de son cœur : rapides et irréguliers, mais… ils existaient, et c'était tout ce qui comptait.

Bon, je vais utiliser mon pouvoir de guérison. Il suffit d'une connexion entre nous. Ensuite, je comprendrai ce qui ne va pas…

Michael n'était peut-être pas aussi doué que Max, mais il sortirait Maria de là. Il le fallait ! La jeune fille n'était pas blessée… apparemment. Il posa les mains sur son front et se concentra.

Il s'attendait à recevoir un flot d'images… Et vit deux créatures.

Leur… – « visage » n'était pas le mot approprié – large au niveau du front finissait sur un menton pointu. Leur bouche était un trou béant hérissé de tentacules frémissants. Elles n'avaient pas de nez et des bosses remplaçaient leurs yeux.

Non, réalisa Michael, *ce* sont *leurs yeux. Des douzaines...*

Les créatures tournèrent la tête et le regardèrent. Leurs tentacules se tendirent vers lui.

Elles m'ont vu !

Michael retira ses mains du front de Maria. Il tremblait comme une feuille. Ses dents s'entrechoquaient.

Que diable se passait-il ? Ces... monstres... ne pouvaient pas faire partie des souvenirs de Maria.

Et elles l'avaient vu. C'était impossible ! Et pourtant...

Il fallait qu'il appelle Max ! Michael bondit, prit le téléphone et composa le numéro des Evans.

Isabel répondit à la deuxième sonnerie.

— Je veux que Max et toi veniez immédiatement chez Maria ! Et sans bruit ! Il ne faut pas réveiller sa mère et son petit frère !

Si Mme DeLuca voyait Maria dans cet état, elle appellerait une ambulance. Michael ignorait ce qui se passait, mais il devinait qu'aucun médecin ne tirerait son amie de là... Sa place n'était pas à l'hôpital.

Michael eut soudain le sentiment qu'il venait d'avaler d'un coup quatre litres d'eau glacée. Son estomac se contracta douloureusement.

Non, ça n'arrivera pas ! Inutile d'y penser ! s'ordonna-t-il. *Maria ne mourra pas !*

— Que se passe-t-il ? demanda Isabel à l'autre bout du fil.

— Dépêchez-vous ! implora Michael.

Il raccrocha et retourna près de Maria.

— Tout se passera bien, dit-il. Je trouverai un moyen de te sortir de là…

Michael fit glisser sa paume sur les paupières de la jeune fille pour les fermer. Il détestait voir ses yeux contempler ainsi le vide.

Il ferait mieux d'aller attendre Max et Isabel devant la maison. Ils ne pourraient pas sonner pour qu'on vienne leur ouvrir…

Il se pencha sur la jeune fille, ses boucles blondes et soyeuses lui effleurant le visage. Sa peau était chaude sous ses doigts. Bien trop.

— Il faut que je te laisse une minute, murmura-t-il. Je reviens.

Il l'embrassa. Les lèvres de Maria étaient aussi douces qu'il l'avait espéré.

— J'aurais dû le faire avant…

Il se leva et se glissa dans la maison sombre et silencieuse, jusqu'à la porte d'entrée. Il la déverrouilla et sortit sur le porche. Isabel et Max ne tarderaient pas.

Mais il était trop nerveux pour rester tranquille.

Planté au milieu de la route, il guettait la Jeep de Max.

Où est-il, bon sang ?

N'avait-il pas idée de l'urgence de la situation ?

Michael se demanda s'il aurait le temps de retourner voir Maria avant qu'ils arrivent. Au moment où il allait tourner les talons, deux phares approchèrent.

Oui ! C'était la Jeep de Max ! Son ami avait dû pulvériser les limitations de vitesse pour arriver aussi vite !

— Que se passe-t-il ? demanda Max.

— C'est Maria ! Elle est dans le coma ou quelque chose comme ça. Quand j'ai tenté une connexion pour la guérir, deux créatures inconnues se sont tournées vers moi. Elles m'ont vu !

— Il faut chercher une solution, répondit Isabel d'une voix calme et posée. Nous devons la sauver… Et tout de suite.

— Emmenons-la chez Ray, proposa Max. Son pouvoir de guérison est peut-être plus développé que les nôtres.

Ray était sans doute la dernière personne que Michael avait envie de voir. Mais s'il pouvait sauver Maria, il était prêt à lui embrasser les pieds.

— Je cours la chercher, dit-il. Vous deux, attendez là. Si nous y allons tous, les risques de nous faire surprendre seront multipliés par trois.

Michael courut à la porte d'entrée et retourna dans la chambre de Maria. Il la souleva dans ses bras. Elle restait anormalement chaude. Etait-ce un bon signe… ? En tout cas, elle était vivante.

Il la porta dans la Jeep, l'installant à l'arrière.

— Nous allons prendre soin de toi, dit-il.

Max sortit de l'allée en marche arrière et repartit sur les chapeaux de roues. Isabel se retourna sur son siège, et caressa la joue de Maria.

— Il y a deux jours, un truc bizarre lui est arrivé, dit-elle à Michael. Nous étions en cours de littérature elle a eu une sorte… d'absence. Comme si elle s'était évanouie, à part qu'elle pouvait marcher… Quand je lui ai demandé ce qui lui était arrivé, pas de réponse…

— Ça s'est produit plusieurs fois… J'aurais dû me douter que ce n'était pas normal ! Quand elle se paralyse, c'est comme si elle était à moitié morte…

— De quoi parles-tu ? demanda Max.

— Maria est une médium ! Chaque fois qu'elle utilise ses pouvoirs, elle se tétanise. Elle ne peut ni bouger ni parler… A l'en croire, ça n'était pas grand-chose… Mais c'est sans doute parce qu'elle ne s'est jamais vue quand ça lui arrive.

Michael se tut.

— Médium ? Tu en es sûr ? demanda Isabel.

Max s'engagea sur le parking du Musée de l'OVNI et se gara au pied de l'escalier de l'appartement de Ray.

— Tu veux que je t'aide à la porter ? demanda-t-il à son ami.

— Non, partez devant. Dites à Ray ce qui s'est passé. Je vous suis.

Max et Isabel sortirent du véhicule et grimpèrent les marches quatre à quatre.

Michael monta l'escalier d'un pas plus mesuré, Maria dans les bras.

— Ray saura certainement t'aider, murmura-t-il.

Persuadé qu'elle pouvait l'entendre, il voulait qu'elle sache ce qu'ils avaient prévu de faire.

Ray l'attendait à la porte d'entrée.

— Allonge-la dans le salon pour que je l'examine.

Max était en train de placer deux sièges côte à côte ; Michael y déposa Maria et s'assit par terre à côté d'elle, sa main serrée dans la sienne.

Ray s'agenouilla près d'eux.

Un coup d'œil lui suffit. Les yeux écarquillés de

surprise, il toucha une des taches qui lui constellaient le corps.

— Des chasseurs de primes, murmura-t-il.

— Quoi ?

Isabel vint les rejoindre au salon.

— Je viens de passer un coup de fil à Alex. Il passe prendre Liz et ils arrivent.

Ray prit Michael par le bras.

— Max dit que tu t'es connecté à Maria et que tu as vu des créatures. Avaient-elles des yeux multiples et des tentacules ?

— Oui. Pourquoi ? Que se passe-t-il ? Pouvez-vous l'aider ?

— Ces monstres que tu as vus… Ce sont des chasseurs de primes ! Des créatures originaires de notre planète conçues pour la chasse… Les nôtres les utilisent pour traquer les criminels. Ils livrent une sorte de… guerre mentale. Ça laisse des traces comme celles que nous voyons sur le corps de Maria.

— Une guerre mentale ? Qu'est-ce que c'est ? demanda Isabel.

— La tactique qu'utilisent les chasseurs de primes pour tuer à distance. Ils se servent de leur esprit comme d'une arme. Leur pouvoir est stupéfiant.

— Pour tuer ? explosa Michael. Quelqu'un est en train d'essayer de tuer Maria ?

— On dirait bien…

— Mais vous dites que c'est un extraterrestre qui fait cela, intervint Max. Pourquoi prendrait-il Maria pour cible ?

— Bonne question ! Je l'ignore…

— Comment les arrêter ? Que faire pour sauver Maria ?

Il baissa les yeux sur la jeune fille… et vit ses paupières frémir.

— Elle a bougé ! M'entends-tu, Maria ? Comment te sens-tu ? demanda-t-il en lui prenant la main.

Ses yeux s'ouvrirent lentement.

— Soif…, murmura-t-elle.

— Je vais te chercher de l'eau, dit Isabel.

Michael écarta les cheveux de Maria de son visage. Puis il lissa le chemisier, sur son ventre. Il semblait ne pas pouvoir s'arrêter de la toucher.

— Tu m'as fait peur, dit-il.

— Désolée.

La voix de la jeune fille était pâteuse. Isabel revint en hâte et tendit un verre d'eau à Michael. Il passa un bras autour des épaules de Maria, puis l'aida à se redresser pour qu'elle boive.

— Te sens-tu assez remise pour nous expliquer ce qui s'est passé ? demanda Ray.

— Je ne sais pas ce qui… Comment suis-je arrivée ici ? Qu'est-ce… ?

Elle fut interrompue par des coups frappés à la porte.

— J'y vais, dit Max.

Alex et Liz entrèrent peu après dans le salon.

— Tu vas bien, Maria ? s'écria Liz.

— Qu'est-il arrivé ? demanda Alex.

— Je suis passé chez Maria et je l'ai trouvée évanouie dans sa chambre, expliqua Michael. Elle était couverte de taches rouges…

Maria leva une main afin de voir de quoi parlait

Michael. Elle laissa échapper un gémissement sourd…

Michael resserra son étreinte. Le reste ne serait pas facile à entendre pour elle.

— Ray dit que des chasseurs de primes extraterrestres sont à tes trousses… Ils ont utilisé une sorte d'arme mentale, mais nous les arrêterons. N'est-ce pas, Ray ?

L'homme ne donna pas à Michael la réponse qu'il escomptait. Il se contenta de sourire à la jeune fille.

— Je crois qu'il nous faut de plus amples informations. Parle-moi de tes pouvoirs psychiques… Et des absences dont tu souffres après les avoir utilisés.

— Elle n'a jamais eu de pouvoirs ! cria Liz.

Maria leva les yeux et rencontra ceux de son amie.

— Si… J'allais t'en parler. Je voulais juste…

— Maria, dit Alex, contente-toi des faits.

— Je… j'ai trouvé un anneau au centre commercial, avec une pierre étrange.

Un anneau ? pensa Michael.

Elle ne lui en avait jamais parlé…

La jeune fille s'éclaircit la gorge ; Michael lui fit boire une autre gorgée d'eau.

— Grâce à cette pierre, je peux guérir les blessures. Et il suffit que je touche un objet pour voir la personne à qui il appartient… et ce qu'elle fait.

— Puis-je voir cet anneau ? demanda Ray.

Maria tira la chaîne en or de sous son chemisier, l'enleva et la lui tendit.

— C'est une des Pierres de Minuit… Je n'aurais jamais cru en avoir une un jour…

Isabel jeta un coup d'œil à l'anneau.

— Mais c'est celui de Nikolas !

— Je l'ai trouvé la nuit où il…, dit Maria. J'ignorais que c'était à lui.

Michael trouvait rassurant d'entendre la voix de son amie. Et sa peau était moins chaude, maintenant. Sans oublier que les petites taches rouges avaient disparu…

— Comment Nikolas a-t-il eu cette pierre ? demanda Max.

— Elle a été volée par le passager clandestin, lui rappela Ray. Quelqu'un l'a peut-être trouvée sur le site du crash… Ou l'anneau se sera accroché à la capsule d'incubation de Nikolas…

— Qui s'en soucie pour le moment ? coupa Michael. Nous devons trouver un moyen de tirer Maria de là !

— Je sais maintenant pourquoi les chasseurs de primes l'ont prise pour cible, dit Ray. Ils sont à la recherche de la Pierre. Le Consortium a dû les engager pour traquer le fugitif et la récupérer. Chaque fois que Maria a utilisé la Pierre – ce qu'elle croyait être ses pouvoirs psychiques – elle a envoyé un signal aux chasseurs de primes. Grâce à ça, ils ont fini par la localiser. Et ils se sont approchés suffisamment pour utiliser leur arme mentale.

Maria s'éclaircit la gorge.

— Mais ils ne font pas la différence entre un extraterrestre et moi ?

— Pas forcément, répondit Ray. Ils sont probablement trop loin pour ça. Tout ce qu'ils doivent savoir, c'est que tu as utilisé la Pierre.

— Alors si Maria cesse immédiatement, tout sera

fini ? demanda Michael. Si elle ne se sert plus de la Pierre, elle ne leur enverra plus de signal. Donc les chasseurs de primes ne la retrouveront pas. C'est bien ça ?

— En effet…, répondit Ray.

— Le problème est réglé. Je la ramène chez elle, dit Michael.

Il dormirait par terre, dans sa chambre. Non, tout bien réfléchi, il s'allongerait sur le lit et veillerait sur son repos.

— Je me sens bien, protesta Maria.

Elle avait pourtant l'air crevé. Si Michael retirait son bras, elle ne tiendrait pas assise toute seule.

— J'ai peur que les chasseurs de primes sachent où est Maria, ajouta Ray. Ou qu'ils décident d'employer les grands moyens… Détruire la ville, par exemple. Ainsi, ils seraient sûrs de ne pas la rater… Et la Pierre ne serait pas endommagée. Aucune arme ne peut la détruire.

— Alors sautons tous dans la Jeep et filons ! lança Michael.

— En laissant mourir des milliers d'innocents ? répliqua Liz. Hors de question !

— Ce que j'ai pu être bête ! explosa Maria. J'ai vraiment cru que j'avais des pouvoirs ! Et que la Pierre me servait seulement de catalyseur !

— Ne te fais pas de reproches. Comment aurais-tu pu te douter qu'un anneau trouvé au centre commercial était serti d'une pierre extraterrestre ? observa Liz.

— Il nous faut un plan, dit Alex. Quelqu'un a une idée ?

— Vous rappelez-vous comment nous nous sommes débarrassés de notre « ami » le shérif ? demanda Liz. Nous l'avons convaincu que son extraterrestre était mort. Pourquoi ne pas utiliser le même stratagème avec les chasseurs de primes… ?

— Oui, s'ils me croyaient morte, ils cesseraient de me traquer… Et Roswell ne courrait plus de danger.

— Il y a un moyen… mais c'est dangereux, répondit Max.

Dangereux.

Ce n'était pas le genre d'adjectifs que Michael avait envie de voir associé à Maria.

— Elle pourrait se servir de l'anneau pour attirer les chasseurs de primes, continua Max. Ensuite, j'utiliserais mon pouvoir pour arrêter son cœur. Juste quelques secondes. Le temps de convaincre nos ennemis qu'elle est morte. Puis je le ferais repartir.

Michael crut qu'il allait exploser. Comment Max pouvait-il songer à faire courir de tels risques à leur amie ?

— Je ne te laisserai pas faire une chose pareille ! lâcha-t-il.

— Cette décision ne t'appartient pas, dit Maria. Moi, je suis d'accord.

CHAPITRE XIV

Maria baissa les yeux sur son bras. Vivement que les taches rouges réapparaissent ! Alors, ils sauraient que les chasseurs de primes avaient retrouvé sa trace. Elle avait hâte d'en finir. Quand on devait mourir, même un court instant, l'attente était une torture.

— Tu vas bien ? demanda Liz. Nous aurions dû te laisser te reposer.

— Non, c'est mieux comme ça. Il sera plus facile pour Max de me tuer…

Elle avait voulu le dire sur un ton léger. Mais Max se raidit, Liz pâlit et un frisson lui parcourut le corps.

— Si Max, Michael et Ray se plantent, ne t'en fais pas ! assura Isabel. Je serai là pour te ramener à la vie.

— Je ne crois pas que parler de se planter soit très *judicieux* en ce moment ! fit Alex.

— Non… J'apprécie vraiment, répondit Maria.

C'était la vérité.

Qu'Isabel se dise prête à utiliser pour elle son pouvoir de guérison la touchait beaucoup.

— Merci, Izzy.

— Je ne pense toujours pas que…, commença Michael.

— Je vais me servir de nouveau de la Pierre, annonça Maria.

Elle ne supportait plus cette attente.

— La dernière fois, je l'ai utilisée à plusieurs reprises.

Elle referma les doigts sur le bracelet qu'elle avait emprunté à sa mère.

— Qu'est en train de faire maman ? murmura-t-elle.

Les points colorés tourbillonnèrent et se rassemblèrent… Maria se retrouva dans la chambre à coucher de sa mère qui dormait, un sourire sur les lèvres.

Et si je ne la revoyais jamais ?

Les points recommencèrent à tournoyer.

— Je t'aime, maman ! cria Maria.

Puis elle fut de retour dans le salon de Ray. La paralysie la frappa aussitôt. Elle pouvait entendre et voir tout ce qui se passait, exactement comme quand Michael l'avait prise dans ses bras et… l'avait embrassée.

— C'est le moment ! dit Alex. Elle a les bras couverts de taches rouges.

Pense à Michael ! Et accroche-toi à tes souvenirs !

Ça l'aiderait à survivre aux minutes qui allaient suivre.

Max traversa la pièce pour venir près d'elle. Maria sentit son cœur s'affoler. Max s'agenouilla.

— Ne la touche pas ! grogna Michael.

— Tu sais bien qu'il n'y a pas… ! protesta Liz.

— C'est moi qui vais le faire, dit Michael.

Les mains pressées sur la poitrine de la jeune fille, il se prépara à établir la connexion.

Dans quelques instants, elle serait morte.

Michael baissa la tête.

— Ne pense à rien d'autre qu'à moi, murmura-t-il.

Elle aurait voulu lui dire que c'était ce qu'elle faisait depuis que tout avait commencé…

Les yeux rivés sur les siens, Michael fit courir ses mains le long de sa poitrine, vers sa gorge. Avait-il du mal à se connecter à elle ?

— Pense à moi, répéta-t-il dans un souffle.

Maria sentit ses doigts glisser dans ses cheveux. Puis, il arracha la chaîne en or qu'elle portait au cou.

— Que fais-tu ? cria Alex.

Michael mit l'anneau à son doigt et se releva.

— C'est moi qui vais mourir !

— Nous devons suivre le plan ! protesta Max.

— Non, répondit Michael. Fin de la discussion.

Il serra le poing.

— Personne ne m'enlèvera cet anneau. Ou vous vous servez de moi, ou tout tombe à l'eau !

Non !

Maria aurait voulu leur crier d'arrêter. Mais impossible de prononcer un mot !

— *Ils* se connectent sur moi, à présent, annonça Michael.

Son bras se couvrit de taches rouges. Max lui plaqua les mains sur la poitrine.

Maria se leva d'un bond quand sa paralysie cessa.

— Ne faites pas ça ! gémit-elle.

Ce n'était pas juste. C'était elle qui devait mourir, pas Michael !

Trop tard. Le jeune homme s'effondra… Puis il ne bougea plus. Maria vit des bulles de salive mourir à la commissure de ses lèvres.

— Qu'as-tu fait, Max ? cria Isabel.

Son frère s'écarta à reculons du cadavre.

— Rien du tout… Je n'ai pas eu le temps de me connecter à lui.

— Il est mort ? cria Maria. Michael est mort ?

CHAPITRE XV

— J'ignore ce qui s'est passé… Je n'ai pas eu le temps de me connecter ! répéta Max, affolé.

Isabel bouscula son frère pour s'agenouiller près de Michael.

Elle posa les deux mains sur sa poitrine.

Tu peux y arriver ! Tu en as le pouvoir. Il te suffit de te concentrer sur Michael et rien que sur lui !

Elle guetta le flot d'images que lui enverrait le cerveau de Michael.

Il ne se passa rien. Non, elle refusait de s'avouer vaincue !

Elle n'avait pas pu sauver Nikolas. Paralysée par la peur, elle avait dû regarder Valenti abattre son bien-aimé.

Pas question d'assister aussi à la fin de Michael sans rien faire ! Elle le sauverait coûte que coûte !

Isabel remonta le T-shirt du jeune homme sous ses aisselles et posa les mains sur sa poitrine nue. Un contact épidermique facilitait toujours la tâche.

Elle ferma les yeux, s'efforçant de respirer lentement. Trop crispée, trop impatiente, elle n'arriverait à rien.

Le flot d'images se faisait désirer…

Ses pouvoirs s'étaient-ils émoussés parce qu'elle ne les avait plus utilisés depuis la mort de Nikolas ?

Elle rouvrit les yeux.

— Il faut que tu m'aides, Max ! Je n'arrive pas à établir la connexion.

Max s'accroupit et posa ses mains près de celles d'Isabel.

— Essayons ensemble, dit-il.

Ils connaissaient Michael depuis toujours et ils l'aimaient. Si quelqu'un pouvait se connecter à lui, ça ne pouvait être qu'eux. Il fallait que ça marche ! Il le fallait…

Isabel écouta les inspirations profondes et lentes de Max et calqua sa respiration sur la sienne. Puis elle se remémora tous les moments partagés avec Michael.

— Il se passe quelque chose, souffla Alex. Regardez !

Une lueur grisâtre nimbait Michael… Ce genre de phénomène n'était jamais arrivé lors d'une guérison. Etait-ce un bon signe ?

— Voyons si un peu plus de « sauce » fera la différence, dit Ray.

Il s'agenouilla à côté de Max et posa les mains sur le front de Michael. L'aura enveloppant le corps du jeune homme devint plus vive, tremblota… et s'éteignit.

— Allez, Max ! Qu'est-ce que tu attends ? s'impatienta Michael. Il faut agir vite ! Avant qu'il ne soit trop tard…

Max ne répondit pas. Personne ne répondit. La pièce était silencieuse. Même l'horloge s'était tue.

Michael rouvrit les yeux et s'assit. Max, Maria, Isabel, Liz, Alex et Ray... Ils avaient tous disparu !

Que se passait-il ? Il se leva en chancelant, luttant contre le vertige.

— Où êtes-vous, les amis ? cria-t-il.

Il courut vers la porte d'entrée, l'ouvrit et dévala les marches. La Jeep de Max était toujours garée dans le parking du Musée de l'OVNI. Il la voyait clairement. Mais...

... Tout ce qui se situait au-delà du parc de stationnement disparaissait sous une brume grisâtre.

— Max ! Maria ! N'importe qui ! Où êtes-vous ?

Pas de réponse. Mais quelque chose bougeait, dans la brume, venant vers lui.

Michael plissa le front. Deux silhouettes se formèrent... Grandes et minces, elles avaient des bras et des jambes démesurés.

Elles approchèrent encore et il vit leur faciès.

Les chasseurs de primes !

— Vous tombez bien, les mecs, c'est vous que je voulais voir ! les défia Michael.

Il leur prouverait qu'ils avaient fait une grossière erreur en s'en prenant à quelqu'un qu'il aimait !

Michael chargea. Il renversa un des monstres, le plaqua à terre puis lui saisit la tête à deux mains pour la cogner contre l'asphalte...

Il ne voulait pas que cette horreur se relève.

Le second chasseur ceintura le jeune homme et le catapulta dans les airs. Michael atterrit sur le dos, le souffle coupé.

Le chasseur de primes lui posa les doigts sur le ventre. Une connexion s'établit instantanément. La créature étudiait les organes de sa proie…

Elle commença à lui déchirer l'estomac. Michael sentit ses sucs gastriques suinter…

— Tu veux jouer, c'est ça ? lâcha-t-il d'une voix rauque. Alors jouons !

Il fit à son tour une rapide évaluation du corps de son agresseur. Il « voyait » les organes, les muscles et la chair qui le composaient. Et il repéra une glande qu'il n'avait encore jamais remarquée sur aucun être vivant.

Voyons un peu à quoi ça sert…

Il se concentra et la « compressa » mentalement.

Michael sentit le chasseur de primes lui perforer de nouveau l'estomac. Un autre flot brûlant envahit son corps.

Fini de jouer. J'ai perdu assez de temps…

Il ne voyait rien chez son adversaire qui ressemblât de près ou de loin à un cœur. Mais la masse écœurante qui pulsait à la place qu'aurait dû occuper son foie devait avoir une fonction importante.

Le jeune homme se concentra dessus et en compressa les cellules. Il s'imagina en broyeur à ordures, assimilant la créature à une vulgaire canette de soda.

Il *serra* plus fort…

Et les pulsations s'arrêtèrent.

Michael se débarrassa du cadavre puis posa les mains sur son ventre afin de désintégrer en douceur les molécules de suc gastrique qui envahissaient son abdomen. Ses brûlures d'estomac diminuèrent. Le mal fut bientôt supportable.

Puis quelque chose bougea. L'autre chasseur de primes…

Vivant ? Bien. Second round…

Michael se releva. Il entendit un bruit de succion… et le chasseur de primes se sépara en deux.

Les deux créatures se tournèrent vers le jeune homme, rivant sur lui leurs yeux multiples…

Michael recula et trébucha sur le cadavre. Avant qu'il ait pu faire un geste, les chasseurs de primes fondirent sur lui. L'un attaqua la grosse artère menant à son cerveau, et l'autre se chargea de son cœur.

Des taches rouges explosèrent devant les yeux de Michael.

Puis tout devint noir.

Maria gémit quand le halo qui entourait Michael noircit. Non, ce n'était pas vrai ! Ça ne pouvait pas arriver…

Pas question qu'elle reste là sans rien faire !

Mais que tenter ? Elle n'avait aucun pouvoir…

— N'abandonne pas, Michael ! cria-t-elle.

Tout ce qu'elle pouvait tenter, c'était de lui répéter qu'elle était à ses côtés. Et qu'elle tenait à lui.

Qui sait, il était peut-être en mesure de l'entendre, puisqu'elle l'avait bien entendu assurer qu'il la tirerait de ce mauvais pas…

— Allez, Michael ! cria Liz. Bats-toi ! Je sais que tu es fort !

D'un bras, Alex prit Liz par la taille. De l'autre, il fit de même avec Maria.

— Reviens, Michael ! Tu me dois encore deux dollars !

Ses amis étaient avec elle ! Maria ne savait pas comment elle aurait pu subir cette épreuve seule.

Mais oui, c'est ça ! Je n'aurais rien pu faire seule... Aucun de nous ne peut agir seul.

Elle échappa à Liz et à Alex pour se placer entre Max et Isabel, prenant leurs mains dans les siennes.

— Liz ! Alex ! Venez vite ! Il faut former un cercle, comme dans la grotte, le soir de notre connexion !

Les jeunes gens ne perdirent pas une seconde. Ils se joignirent aussitôt au groupe, autour du corps de Michael.

Liz prit la main de Ray et celle d'Alex, Alex celle de Max. Puis Ray tendit sa main libre pour saisir celle d'Isabel.

A l'instant où ils complétaient le cercle, des bandes de couleurs s'enroulèrent autour de Michael.

Le bleu brillant émanait de Maria.

Le vert émeraude de Max.

L'orange éclatant d'Alex.

L'ambre doré de Liz.

Le violet profond d'Isabel.

Et le blanc crémeux de Ray.

Des larmes roulaient sur les joues de Maria.

Il faut que ça marche !

Cette fameuse nuit, dans la grotte, quand Max les avait tous connectés, Maria avait vécu l'expérience la plus extraordinaire de sa vie. Plus forte et plus profonde que tout ce qu'elle avait ressenti en utilisant la Pierre.

Si la force du groupe ne ranimait pas Michael, alors c'était la fin.

Il serait bel et bien mort.

— Michael, reviens ! cria Max.

— Si tu oses me quitter, ajouta Isabel, tu me le paieras !

— Je t'aime, Michael, murmura Maria.

Ils attendirent.

— Concentrez-vous !

Maria sentit la main de Max broyer la sienne et les ongles d'Isabel s'enfoncer dans sa chair.

Lentement, une nouvelle couleur se mêla au bleu, au vert, à l'orange, à l'ambre, au violet et au blanc.

Le rouge brique de l'aura de Michael !

Il devint de plus en plus brillant… jusqu'à envahir la pièce, l'inondant de rouge.

Michael rouvrit les yeux.

— Vous ne pouvez pas vous passer de moi une seconde ? marmonna-t-il.

— Etes-vous certain que ce soit prudent ? demanda Maria.

La jeune fille avait gardé la main de Michael dans la sienne. Elle n'avait pas l'intention de la lâcher de sitôt.

— Nous n'avons pas le choix, dit Ray. Cacher la Pierre et prendre le risque qu'un autre humain innocent la trouve est hors de question. Et rien, sur cette planète, ne peut la détruire. Mieux vaut que je la garde ici… C'est plus prudent.

— Et vous ne l'utiliserez pas ? demanda Michael. Je ne veux pas que ma « mort » n'ait servi à rien ! Ces chasseurs de primes étaient vraiment dangereux…

— Je ne l'utiliserai jamais, promit Ray. Maintenant, que dirais-tu d'un Lime Warp ?

— J'en salive d'avance…

Quand Ray fut parti pour la cuisine, Maria se tourna vers lui.

— Tu es sûr que tout va bien ? Tu ne nous as pas raconté ce qui s'était passé.

Les magnifiques yeux de Michael se voilèrent.

— Je n'ai pas envie d'en parler, murmura-t-il. Ils m'ont tué… Je le sais. J'étais mort. Je ne comprends pas comment vous avez pu me sauver.

Isabel prit l'autre main du jeune homme dans la sienne et sourit à Maria.

— Du travail d'équipe, dit-elle. Finalement, avoir des pouvoirs n'est pas inutile. Nous en avons tous besoin.

— Non, corrigea Maria. Nous avons besoin les uns des autres.

— Ce fut une expérience très intense, dit Liz à Max alors qu'ils quittaient l'appartement de Ray. Je dois t'avouer que ma vie est devenue bien plus excitante depuis que nous sommes… amis.

Max tressaillit.

— Nous devrions peut-être éviter de nous voir, dit-il. Etre de simples amis pourrait s'avérer trop dange…

— Je t'interdis de dire ça !

Liz lui prit le bras et le força à la regarder.

— Je sais ce que tu penses, mais n'as-tu rien ressenti, ce soir ? Crois-tu que cela aurait pu se produire dans n'importe quel groupe ? Il y a un lien spécial entre nous… Tu ne peux pas, tu n'as pas le droit de faire comme s'il n'existait pas !

Max soutint son regard.

— Tu as raison…

Il enlaça la jeune fille.

Liz savoura l'instant. Même s'ils étaient de simples amis, elle aurait voulu rester ainsi pour toujours.

Tenir Max dans ses bras… Et sentir son cœur battre.

Son cœur… Ses battements lui parurent irréguliers. Et faibles.

Max la lâcha, et s'effondra aux pieds de Liz.

Liz le vit s'effondrer à ses pieds.

— Max ? cria-t-elle. Max !

Achevé d'imprimer sur les presses de

BUSSIÈRE

GROUPE CPI

à Saint-Amand-Montrond (Cher)
en octobre 2001

FLEUVE NOIR
12, avenue d'Italie
75627 Paris Cedex 13
Tél. : 01-44-16-05-00

— N° d'imp. 15661. —
Dépôt légal : mai 2001.

Imprimé en France